U0928800

泼烦

平凹题

泼烦

邢小俊 著

陕西師範大學出版总社

图书代号 WX18N0435

图书在版编目（CIP）数据

泼烦／邢小俊著．—西安：陕西师范大学出版总社有限公司，2018.6
ISBN 978-7-5613-9947-7

Ⅰ.①泼… Ⅱ.①邢… Ⅲ.①散文集—中国—当代
Ⅳ．①I267

中国版本图书馆 CIP 数据核字（2018）第 077198 号

泼 烦
PO FAN
邢小俊 著

责任编辑／张建明 岳 朗
责任校对／张 曼
封面设计／璞茜设计
出版发行／陕西师范大学出版总社
（西安市长安南路 199 号 邮编 710062）
网 址／http://www.snupg.com
经 销／新华书店
印 刷／陕西天丰印务有限公司
开 本／787 mm×1092 mm 1/32
印 张／9.5
字 数／187 千
版 次／2018 年 6 月第 1 版
印 次／2018 年 6 月第 1 次印刷
书 号／ISBN 978-7-5613-9947-7
定 价／49.00 元

读者购书、书店添货或发现印装质量问题，请与本社高等教育出版中心联系。
电话：（029）85303622（传真） 85307864

序：一个优秀的灵魂

高建群

小俊的名字有个“俊”字，这叫我想起“青年才俊”这个词组。认识他的人，都会对他产生好感，我把这一现象归结为气场，他的气场是正义的、热情的、真诚的，而且极富能量。

我这一个月特别忙，先到安徽合肥，又到宁夏银川，现在又到重庆。行色匆匆之间，在安徽黄山，裁了一些小纸片，给这个年轻人的书插图。现在在重庆参加艺术节，代表们都到三峡博物馆去了，我则告了个假，躲在宾馆中给这个年轻人的文集写序。

大约几年前第一次见到小俊时，就给了我“青年才俊”这四个字的印象。我在西安高新区待过一段时间，那里管委会的中高层，几乎都是这种类似的人——年轻、敏捷，对新事物、新理念充满了一种由衷的热情。已经有了一些老意的我，和他们在一起，觉得自己突然年轻起来，觉得自己平日尘封的麻木的宛如梦魇一般的思维，一瞬间仿佛像有电光划来，而平日木讷的谈吐也突然滔滔如泻，妙语连珠。

小俊大约是铜川人，大学毕业后供职于一份有名的报纸，现在是这家报纸托拉斯的部门负责人。初接触他，给人印象是一介书生，一个热情敬业的新闻工作者，及至熟了，才发觉他还有一脸络腮胡子，一副火爆脾气，和始皇帝同一天的生日。在新闻方面，这位年轻人拥有的智慧和气度，使他注定就要做大新闻、大策划。然而，我却一直不知道他还在写新闻之外的这本书。

这是一些文章的结集，而这些文章，无一例外地散发着忧郁的气质，这种气质来源于对生命意义地苦苦追索，他敏感的秉性使他要受更多的一层痛苦。在这个城市中，一个年轻的生命在浮华的挟裹中能清醒地思索，这本身就深深地打动了我。他沉郁的笔调中散发着蓬勃的才气，他对父亲的热爱，他对故乡村庄的思念，他对城市喧闹的排斥……

大约每一个人，他年轻的时候都做过文学梦。那时候觉得世界很大，觉得这很大的世界是自己的。只需要一支笔，只需要一沓纸，你在完成着征服世界的工作，你在完成着自我扩张自我表现的工作。直到后来，随着入世渐深，随着碰了许多的钉子以后，你才惨然一笑："去吧，文学——这狗日的文学！"许多人都是这样走过来的。这叫献牲，陕北人逢年过节，便吹着唢呐，走成队列，把猪头羊头为山神土地献上，而作为一个被缪斯之神所蛊惑的青年写作者来说，他献出的是他自己，即将自己作为"祭品"为缪斯献上。

我祝贺小俊这本书的出版。他在文学这个泥泞小道上，是继续往前走呢，还是就此打住，这些我却不知道。我唯一知道的是，有一位年轻的写作者，要出一本书了，这人是我的同类和好友，是一个曾经有梦的人。

中国的当代文学就世界范围而言，还处在一个比较低的水平。此刻，站在这山城重庆一幢宾馆高高的楼层上，仰望阳台外面的秋阳灿烂，我又有一种“叹园中无人”的恐惧感。这种心情，在我已经有好几年了。我们做到了我们，新的年轻一代应该努力做到他们。我们这一代行将老去了，这场宴席将接待下一批饕餮者。

2009年9月7日于重庆

（高建群，著名作家，陕西省文联副主席。批评家认为，高建群的创作，具有古典精神和史诗风格，是中国文坛罕见的一位具有崇高感和理想主义色彩的写作者。）

自序：
时间裹挟着所有情感意味深长地逝去……

时间和土地，是伟大的消毒剂，它裹挟着所有情感就这样意味深长地逝去了——在时间和土地面前，人生似乎没有什么悲痛不能承受！

八年前，我写了一本散文集《泼烦》，是因为常常莫名地感到莫名的泼烦。这种泼烦的心境却轻易不能用言语表达，也没有表现在具体的事情上。并且，飞逝的岁月，更增加了我的惶恐和紧迫。现在清晰地看来，当时真正重创我的是，在这人生的迷茫期我失去了父亲，病魔折磨掉了他的威仪和尊严，我亲眼看着这样一个强悍的生命、至亲的生命从我面前走远，我不得不面对一次致命的撞击。

我总是认为失去亲人是件很遥远的事情，我不愿接受也不愿想这件事情，我躲避它忌讳它，但是这怪兽却冰冷地逼近，猛咬一口。我希望是一场梦，但是却不是梦，命运就那么铁一般地突兀在我面前。以前和死亡之间隔着强壮的父亲，现在，留下我，直面让所有人恐惧的死亡。以前有父亲庇荫，现在，命运将我独自置于风雨之下。

时间就像一把盲目的刀子，肆意挥舞在所有人的头上，不论地域、时间与人种，再傲慢的人都逃不过这把刀子的威胁。他走得很平静很干净，没有任何记挂和忧心，坦坦荡荡，大大方方地走了，甚至没有留下一句话，也不给我托梦，似乎对现状很满意很甘心——这符合他达观的性格。死亡，也许是父亲深深畏惧过的，最后之所以如此平静，是因为父亲已经没有了恐惧和挣扎的力气。

死亡之所以让人恐惧，是因为去那里的人，一去不返，没有一个人回来过。

每一匹新驹都不会喜欢给它最初一个套上羁绊的人。少年的我认为父亲强势而无所不能，父亲就是自己的敌人，父亲阻止年幼的自己实现任何意愿，他行使着至高无上的权力而完全不顾作为儿子的心愿。我自小就想与父亲保持距离，不想遗传他的行事作风、语言思维方式、生活习惯。尤其是那张过于熟悉、不想复制过来的面庞。但还是失败了——随着长大，我沮丧地发现，自己和对手的父亲越来越相像，父亲的优点，父亲的毛病，父亲走路的步态，他喜悦或发怒的表情，如影随形，移步换形，都被百分百地移换到了自己的身上。我终于明白自己终究是父亲的儿子，必须百分之百地接受他的基因，这一点上无可逃遁，是真正的宿命。

后来一切都发生了逆转，父亲变为弱势。男孩要变得有出息，有时候也是那一瞬间的事情！总是不争气的儿子，忽然像攒足了劲，考上大学后一改少年的软弱无力，逐渐成为父亲的骄傲。成人后的儿子，却重新对父亲心怀敬畏，时时感叹父亲真不容易。

儿子也终于明白了：父亲是自己亲人中最亲近的陌生人，是温情中最沉默的见证者。我知道父亲是爱我的，他只是像中国大多数的父亲一样，以威严的形式展示他的父爱，却生生地把儿子隔开了。

父亲的严厉让我们姐弟六人度过了一个极其苛刻的童年时代，遗传和继承了父亲身上许多好的气质和禀赋，摈弃了天生一些软弱的东西。在我们今后的浩瀚一生中，内心时刻都有一个严苛冷峻的父亲，这些让我内心恐惧、敬畏的东西时时刻刻在矫正我的人生走向。

步入中年的我发现自己现在其实比少年期更需要一位父亲的指导，他在我少年期所有的指导都是简单而粗暴的，但在事实上确实匡正了我人生的走向，直到令他满意。我真切地希望他能继续呵斥我指点我，他的突然逝去，对我其实就是抽掉了精神大厦的椽檩，我看山不是山看水不是水，没有人真正倾听我的成长我的拼搏，我的得意和失意。

人到中年的我和姐姐们给父亲上坟，长跪在坟前，我是多么想和父亲再一次亲近，我是多么想和父亲默默对坐，希望父亲眼光灼灼地骂着自己不争气，希望父亲高兴时倒两碗酒说“喝点吧”。每次上坟，我总要一次次感叹父亲没有福气，没有活到足够的岁月享到手的福，我还没有看够自己父亲的老态，没有看着父亲一天一天变老的过程，这是一种怎样的人生遗憾呢。

而这些不可挽回的人生遗憾，将永远深藏在这个男人的心底里了。

一个人来临人世，所有的经历都会在他身上留下痕迹，哪怕小时候的一次发烧咳嗽，都会在肺部留下一点印记，这些经历不可复制，却也是每个人的财富。父亲的强势和苛责让我从小自卑，但是自卑、内向使得我从小养成喜欢观察事物的习惯，我很小的时候长久地观察日出，发现太阳的道路其实是弯曲的。并且，孤独让我从小看完了所有能见到的书，让我真正地接触自然——大自然是最好的老师！跟大自然接触时间足够的孩子，心态会更平和、更容易与人相处。自然界的孩子怀揣探究的强烈欲望，在成长过程中有足够的时间和游戏观察万物，冥想着天地间的玄机和大奥秘……

我贪玩，村里的小学和庙毗邻，胆小的我从不敢进去看村里供养着多少神灵。庙前有一个石狮子。一年级时，在我眼里，狮子大得出奇，攀爬时要滑落好几次。我的秘密是被上下四根尖牙护住的大石珠，我发誓要把它拿出来。每天放学，我都要磨蹭着走到最后，然后骑在魁梧的石狮子上，胸部紧贴在狮背上，小手就能伸进狮子的嘴里，抓住石球使劲磨，盼望磨下来把它掏出来。到六年级毕业时，我才恍然大悟，石球压根不可能拿出来。石球没有变小，狮子的嘴巴里却磨得越来越深。不只我这样磨过，我的叔叔、父亲都这样磨过。

最后，我和他们一样都想明白了，死心了。

八年前的处女作《泼烦》在社会上引起了大的反响，那种反映在我脸上的焦虑当时也普遍地反映全民脸上，是一种群体性焦虑。近些年，除《泼烦》之外，我先后撰写了《觅渡》与《超度》，在这三本书中都不同程度地书写了泼烦和焦虑的城市情绪。这种情绪在目前还是普遍的，你越是社会的精英，你越有责任感，你就会越焦虑，你的焦虑与自己的利益和得失无关。日新月异的科学技术，让我们享受了便捷，却干扰了我们的深度思维方式，让我们变得浮浅而懒惰，让人类变得浅尝辄止。我们身处繁华之城，却总是在回忆乡村。我像其他年轻人一样千方百计地走出那个村庄，遗弃了村庄，抛弃了土地，失去了地气，失去了土地的辽阔和厚重，在城市的膨胀中，我们深陷身不由己的奋斗中而不能自拔，享受浮华，传染浮躁，失去了思考，陷入了迷茫……让人焦虑的是，我们的村庄也在远方萎缩、消失，她被改造，被侵占，被变得喧嚣，已经变得面目全非。

《泼烦》与《觅渡》相比，前者倾向于个人情绪，后者更从容，不再犹豫，视野不再狭隘。书名我用“觅渡”“超度”的意思，就是寻觅渡口，是指留守的村庄和逃离出的人都在寻找出路，展现的是一个城市人记忆深处的村庄，但是这村庄已经在中国无处不在的快节奏城市化进程中萎缩了。觅渡！觅渡！正是人和村庄的迷茫和挣扎状态……

与八年前不同的是，我逐渐认识到：目前中国的快速变化，农村的改变，人们的迷茫，只是一个过程，这个过程不能跨越，只能缩短。我欣喜地看到，许多东西都在回归。现在，我对国家充满希望，我对农村重新振兴充满希望，我已经变成一个阳光的，能给人正能量的人了！

人生漫长，年轻和快乐是一种心态，稚嫩的脸颊不过是它的皮囊。人生是一个不断地自我尝试和修正的过程，只有懂得不断地尝试新鲜的事物，丢弃自己的过去，敢于在未知的白纸上写下新的印记的人，才能创造出让人羡慕的未来。

乡村和父母教会了我们立身的标准和规范，厚道做人、中正立身、从善如流、与人良善——这些立身的标准和规范，影响着我们。也许，正是父母这种朴素的价值观和感恩之心，这种看待世界、接物待人的方式，做事为人的格局和气度，深深影响了我今后的生活、工作的态度与气质，改变了我们姐弟的人生走向，给我们带来独有的气质和魅力，给大家庭带来“全国最美家庭”“陕西省文明家庭”诸多光环。

四十不惑，蓦然回首看人生：何处不是在埋种子呢！这些种子，道家叫机缘或契机，佛家叫福报。有的种子明天发芽，有的种子明年发芽，有的种子几年后发芽，有的可能几十年后才发芽……所有这些好的坏的注定要发芽的种子，都在改变着一个人的一生。

我就是父亲埋在尘世的一粒种子，他高大的形象和灵魂，他大男人的格局和气魄，都深植于我的血液和基因，也成为改变我人生走向的种子！

其实，我也在穹庐之下，太阳光辉之下勤奋地、不计得失地埋着种子——我知道，凡是种子，必然发芽。世间事物，能量守恒，终极公平。机缘之下，一位有情怀的出版界朋友看见了八年前粗糙的《泼烦》，书中没有任何技巧的情绪宣泄和元荒之力触动了他敏感、善良的心，震动了他发现美感受美的触角，于是，他执意要把《泼烦》重新再版一次，与更多的读者结缘。

这位有眼光的出版人叫孙留伟。

八年后的今天，生命中的一粒种子要发芽了……

2017 年 12 月 27 日尚书房

目 录

第二章
无根之城：浮躁的文明

第三章
眷怀：往事的回音

第四章
静隐：灵魂的栖居

第五章
百像：行走的面相

第一章

乌托镇：诞生诗经的地方

乌托镇只是台塬褶皱里一个古风犹存的小小村庄罢了，亦是产生诗经的地方。

作为黄土高原北端一个荒僻的小村庄，准确地说，它就像高原臃臃肿肿的褶皱里被遗忘的一粒羊屎蛋。

他们亲切地骂着瘦的牛一圈圈犁着山头，山头远看像人的手指，地犁完了，上边就有了指纹……

土与地

空气里，亦有黄土的腥鲜和农作物扬花时甜腻的味道。

是风，把细腻的绵沙土从遥远的西北方向搜刮而来，经亿万年地堆积，继以野水的奔走冲刷，便有了这连绵、浑圆的台塬丘群，铺天盖地。在夕阳的蛋黄色光晕下， 这众多的土的台塬，远看像排列在笼屉中的馒头，更像集合的乳房。

厚土高天，天地玄黄。黄颜色是这里的主宰，土塬土壕土炕土窨土窑洞，都离不开黄颜色的绵土，一片混沌。

人很渺小，台塬连成的大地无垠的广大，像一个巨大的凹凸不平的粗糙石磨，太阳与台塬平行，天距地很近，站在这里的人有压迫感和眩晕感，旷远、荒蛮、崇高。站在这里的人，常常会忽然忘记手中的牧羊鞭子或者锄头，大吼着通过台塬群丘的回声与远古的灵魂对话，听见天上滚过去的默雷，以为有人在叫他，看见远远近近的柿子树核桃树，以为是自己形态各异的嫔妃。他们挺立在天地间，举目四望，看世界，想呐喊，想歌咏，想驰骋，想骑在骏马上搅乱世事。

但是，最后，他不得不圪蹴下来，面对脚下这实实在在的土地，这才是土一样真实的现实。这些绵延的台塬缄默不语，似在昏睡，其实在吞噬，吞噬一切生灵的理想与狂妄，快乐和哀愁，使其木讷的劳作和等待春天的到来。

乌托镇，只是台塬褶皱里一个古风犹存的小小村庄罢了，亦是产生诗经的地方。

有了土就有了地，地是乌托镇所有人的命根。乌托镇的人常态的生活是终老是乡。依靠土地生活的人，必须定居。农业使人学会了把种子埋在土里，等待它发芽、开花、结果，所以不能乱跑，从播种到收割，一年就过去了。在这个绵软细腻的深厚土塬之上，人无疑是生息其上的土虱子。土地上变化的是附着在上边的人，人死一茬天上照例就会落下一层土。

游牧的人可以追逐水草而居，飘忽不定；做手艺的人可以择地而居，迁移无碍；而种地的人却搬不动地，长在土里的庄稼行动不得，侍候庄稼的老农也像是半身插入土地。乌托镇的人们附着在土地上，一代一代地下去，定居是常态，走出去是变态。人谦卑得像土地一样，在土地里生长，最后又回到土地中去。

在镇上，人们能任意叫出一片地的主人，大家都互相熟悉对方的祖宗八代也熟悉着对方的土地，他们心里清晰地记着你这一料种的什么庄稼，最终有什么收成。

庄里什么都是淡淡的，因为站在土地上的人相信有稳定的自然周期，知道大自然是有平衡有节奏。他的情感周期和自然周期会合在一起，哀而不伤。个人再大的哀伤，都会被这片土地和大自然担待，没有什么东西是不能过去的。

人们大多还住着窑洞，窑洞也只有在黄土高原上才能打出来。窑洞是从一块平整的地上四四方方地挖下去，有两三层楼高，然后在四周凿上窑洞，从更远的地方打一个斜坡，供人上下。

窑洞冬暖夏凉，里面砌着土炕，土炕由八块大泥坯构成炕面，长丈余，留有炕门填入干柴，硕大宽展的土炕可以横躺竖卧六七人，面积往往占据了窑洞空间的一半。一抱麦秸塞进去，一把苞谷秆塞进去，一搂干枯的树叶子塞进去，一缕温暖的火苗就蹿起来，无论窑洞外边天寒地冻，窑洞里此时定变得氤氲温暖。

泥坯就地取材于黄土高原，在农闲时，又逢雨后，土质绵软湿润，村人就用一木模具装满湿土，用一如脸盆大的石柱子砰砰击打夯实，取出来排列整齐晾晒，干透后坚硬如砖石，用来盘炕。

村庄的人每到冬天，就一家老小在土炕上拥被而坐，要么眯眼瞌睡，要么泡一壶酽茶，烧煎煎的水，你一杯我一杯地喝，然后陆陆续续地上厕所，外面寒天冰地，急速而剧烈地尿尿，快速地跑回，嘴里嘘嘘地叫冷，脱鞋上炕，更珍惜了土炕的温暖和湿润。这泡茶的水来自水窖，是在窑洞的院子里再深挖下去，先是笔直，到一定的深度忽然扩大，截面像一个灯泡形状。平时收集雨水冰雪，在窖里自然沉淀净化，用时则用辘轳绞上来，珍惜着用，洗了脸的留着洗脚，洗了脚的再用来浇树。

冬天的傍晚一般很阴沉，阴沉得有点肃穆，在这肃穆的气氛中就有女人们陆续出来揽柴烧炕。手里挽着一个硕大的竹笼，身子稍微斜倾，显出安逸和慵倦的神态，头缩着，上面包着一个头巾，惊惊诧诧地踩在冰碴上，臃肿的棉衣遮不住窈窕的腰身。稍倾，家家土窑上的烟囱里就冒出浓浓的烟，弥漫在乡村的空气里，有很重的苦艾和蒿草的味道。

而土炕就温热起来，这种舒适的温度能持续很长时间，村人就用这土炕抵御一个个漫长的冬天的夜。炕下边摆着一溜黑色臃肿的棉鞋，像码头停泊的船，生命的滋味很厚重。

一生浩瀚，半生在炕。这里的人住在冬暖夏凉的窑洞里，在土炕上出生、繁衍、歇息、瞌睡、死亡，他们大多一生都没有离开过土炕。而土炕能世代相传，是其硕大、阔展，满足了他们潜意识中一种生命舒展的愿望。人从高原平展的地面上凿穴而居，这样地与大地亲近，汲取地气，从心理上寻求一种心灵安全和依托慰藉。而睡土炕长大的人，有很好的骨骼发育，一辈子身板直溜，刚正不阿，挺直脊梁做人。这是远古的祖先对子孙殷切的期望，通过土炕这种沉默含蓄的方式传达出来么。

睡在土炕上的人，他们认为城市的水泥楼房是缺少地气的，养一条宠物狗在上边都会经常生病，何况娇贵的人呢。楼离地那么高，睡得踏实么？床那么软，那么小能舒展好身子么？电褥子那么燥热，早上口腔能不难受么？他们笑那城里人的房子太小，楼太狭高，想一想上上下下有多少人正睡在别人的中间，多少人悬在半空压在别人的头顶。他们还说城里人早上都日急三慌地站在别人头上刷牙哩。上班迟到了，咚咚地从楼顶朝下跑，一个正踩着另一个的头哩。每到此时，他们就心安理得地盘腿坐在土炕上，扯长着脖子，口沫乱溅地对着炕另一头的女人们叙说着，眼中一种雄雄的光芒，平日对城里人潜意识里所表现出的艳羡和畏缩便荡然无存了。

他们认为人们把地底下的石头挖出来烧成水泥，又在地面上竖起逼仄的楼房，人们把地底下的煤、石油、天然气掏空，变成毒气熏黑城市人的肺，真是一蠢再蠢的事情。因为水泥是石头高温烧出来的，所以城市就很燥。城市是一个快节奏的、所有情感都要被切断的社会，连流行歌也几乎都是诉说自己的寂寞孤独和迷茫，却没有乌托镇那份悠远的深长的爱。

村人热爱着土窑洞、土炕、土窖，生息在这个寒冷干燥的茫茫高原的褶皱上。当劳作奔波了一整天，身体和心理都需要歇息，便急切地回到自己的土炕上，蜷缩着或者舒展着自己的身体，呻吟着哀叹着，甩着鼻涕痛哭或者做爱，得到了慰藉。第二天，便轻松地跳起来推开窑门，走在乡村的阳光里……

这里曾经产生过伟大的《诗经》，村里人说《诗经》最初其实是村庄里流传的民谣和谣言。村庄里什么都是淡淡的，因为站在土地上的人相信有稳定的自然周期，知道大自然有平衡有节奏。他的情感周期和自然周期会合在一起，哀而不伤。

遇到生命的困厄，他们骨子里会知道：个人再大的哀伤，都会被这片土地和大自然担待，没有什么东西是不能过去的。

村 庄

一条条土路细瘦如瓜蔓，丝丝蔓蔓，在太阳的照射下很亮很刺眼，这蔓相连着村庄，村庄群就像瓜蔓结出的大小不等的西瓜。

这个村庄在黄色丘壑上是一个东西走向的鸡蛋形状，西边连着一个更深的冲击出来的黄土沟壑。

生息在茫茫台塬褶皱里的人们，挖土穴而居，盘土炕而栖，汲取土窖里浑浊的雨水，繁衍如土虱子一般……洗衣服在涝池，女人们备有木棒槌和树上的皂角，这是女人们谈心交流拉家常的重要场所。

太阳从东边升起，从西边落下，早晨清新的阳光长时间地洒在村庄东头，所以村东头的人要比西头的开朗，精力充沛。他们天生大气阳光些，具有蓬勃的生存能力和繁殖能力。辽阔平坦的地势使得他们更敦厚、实诚。

而村西头的人，他们大多居住在村庄的西边缘和西边那个大沟壑里，沟壑的上游有一个大水库，小河里没有断过流，所以沟里边的人不缺水，种着水地，种着各样的蔬菜。因为夕阳在他们心中留下了太多的印象，加上住在窄狭的沟壑里，这些人暮气且阴郁，他们的一生中不可避免地有太多的叹息。

村西头比村东头优越的是不缺水，村东头的人骄傲的则是他们每天有第一缕最新鲜的阳光。

在村西头这个地势窄狭的沟里，虽然不缺水，但是人们经常会为谁拦截了属于自己菜地的那股水，谁家小孩踩坏了他家的秧苗等鸡毛蒜皮的事情斗殴，最后升级为一个家族和另一个家族的不和，长达数十年。有时是为了一只鸡或者一棵树，他们几辈人能老死不相往来。有时可能为了一句话，他们能与对手算计斗争一辈子。

阴坡长树，阳坡长草。

村庄里的许多人舍得把自己一生的能量和心机都花在一件事情上或者一个人身上。村东头的人没有充裕的水，没有沟壑依附，而又迎着太阳，迎着四通八达的小路，所以他们天生就有走出去的基因。

村西头的李三，与邻居王宽为沟畔的一棵树争殴，几十年来总共打了十几次架，儿子打，孙子打，最后那棵惹起争端的树已经老死了，但是两个家族的战争还在继续。两个七十岁的老人互相较着劲精精神神地活着。一天王宽突然病故，李三忽然没有了对手，精神松懈下来，几天时间也成了一个颓衰的老人。

这些不妨碍村庄人的淳朴、大方，关系要好就是不分你我的好，几辈子好就是好，毫无理由，每当对方遇到红白喜丧或突然

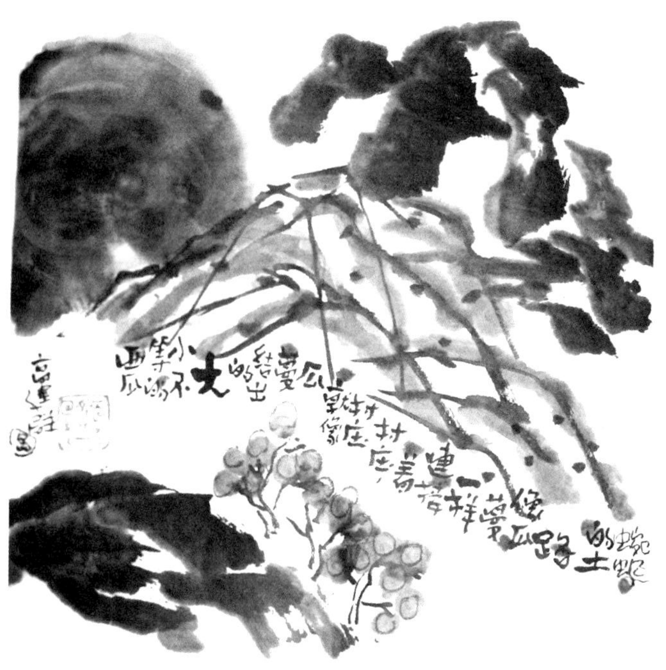

的变故，必倾其所有倾其全家之力。他们对城里人有来自内心的羡慕和尊敬，家里一旦来了城里人那也必定倾其所有招待，这是他们在村庄的荣耀。

一个神秘的现象是，村庄的女人们在十八岁以前六十岁以后，基本上都贤惠善良如菩萨，而中间的岁月里她们却劳碌算计，东家长西家短，或者把自己的全部精力用来对付自己的婆婆，或者其他有心思勾引自己男人的女人。

农村是出能人的，某片土地上会在几十年里猛地出一个人物，然后像耗尽了地力，歇息、休养气力到下一个人物出生。这个地块里生长的孩子们，对事对物有一股钻劲，这秉性注定了他们中的一部分能出人头地，他们成就了功名，扬名立万，在台上讲话时却摆脱不了儿时的痕迹——以前放过羊的，会在讲到精彩处把手向远处一扬一扬的，这是以前他们用石头圈羊的动作；砍过柴的，在讲到激动处会把手高高举起，重重砍下来；放过牛的，会在讲到关键处把手从上到下抽打，像握着一根鞭子。

而这些走出村庄的能人，会被村子的人时常记起，他们会千方百计地找到你，托你办一些事，比如孩子的分配，自己想打的零工，有时压根就说不出具体的事，只是因为别人都在找你，他也得寻件事情找找你。因为你是他们那个村庄逃脱的骡子，他们得找点理由给你紧紧缰绳，让你记得这村庄。

无论村东头村西头，乌托镇都笼罩在一种浓浓的烟火味中。这种很香的烟火味儿，是一种混合的复杂的香。有人家在烧麦秸，有人家在烧豆叶，有人家在烧芝麻秆，有人家在烧苹果树叶子，还有人家或许烧的是甜瓜秧。每样柴火都散发一种香，各种香汇聚到村巷上，就成了这种混合型的醇厚绵长的人间烟火味儿。

村里人天天闻着不觉，外人一进村就说香。

大地游戏

多年以前，孩童的笑声在村庄的窑洞和土路上回响飘荡，从四面八方涌上乌托镇的天空……

天空飞过一架飞机，尾巴拉出一条白线。所有的孩子们都要抬着头，边追边喊：飞机！飞机！为了一架压根追不到的飞机，他们每次都要跑出去好几里地。

天空飘雪，孩童们一律头望着天，村庄一片喜悦。他们把天老爷落下来的雪粒当作白花花的大米接在手里，只不过捏在手心不一会儿化掉了，是一滴水。村庄的冷给他们的脸上留下红褐色的印记。

村庄的伟大之处在于，它其实让每个孩童在童年时就接触土地，接触地气，触摸自然，最大限度地释放自身骨子里的“坏”，偷、抢、打、砸、玩，都达到了极致，释放了所有负能量。等到他们成人后，他们平和、满足、心定如水，一门心思做人，不会和自己的思想做斗争。

以地为床，以天为被。在没有任何玩具的情况下，只要有块空地，找块石头，画上方格子，女孩子单脚跳跃比腿力和反应，从第一格到最末的一格，再转身往回跳，掷石不能出格，落脚不能踩线，没有犯规则的可以在格子内盖一间房子，盖了房子的一格，对手就不能落脚，要一跃而过。这时候女孩子们的肢体灵活度及平衡感就立见高下了。

赤足奔跑是常事，大地如同一具情感丰富的肉体， 温热或微凉。晴天，脚底生风，烟尘一串抛身后，腾云驾雾。雨季，两只脚丫像泥鳅一样，稀泥在指缝呲溜乱窜，顺畅无阻。不管是热土还是泥浆，与土地肌肤之亲的感觉酥痒、舒爽、温润，使得儿时的他们有种被赐予的神力，撒欢在泥土之上，村庄周围所有的土地上，都有他们小鹿一样活力无限的足迹。

男孩和女孩在一起做游戏，这游戏是每个从他们身边匆匆走过的大人都做过的。随着年岁的逐增，大人告别了童年，渐渐地远离了大地，就将游戏像玩具一样丢在了一边。但游戏在孩子们手里，依然一代代传递。

童年的时光注定是快乐的。长大后，他们才发现，视为整个天下的村庄，望不到边的土壕，野草丛生的菜园其实不大——童年的眼光和大人的视野，完全是不同的两个世界。

大自然是最好的老师！跟大自然接触时间足够的孩子，心态会更平和、更容易与人相处。自然界的孩子怀揣探究的强烈欲望，在成长过程中有足够的时间和游戏观察万物，冥想着天地间的玄机和大奥秘……

他们观察日出，发现太阳的道路其实是弯曲的。且日出比日落缓慢，悟出世界上事物在速度上，衰落胜于崛起的道理。观看日出，则像等待伟大英雄辉煌的诞生，观看日落，大有守侍圣哲临终。

他们观察麻雀，知道此鸟在地面的时间比在树上的时间多。它们只是在吃足食物后，才飞到树上。它们将短硬的喙像北方农妇在缸沿砺刀那样，在枝上反复擦拭。麻雀日出前二十分钟开始啼叫。冬天日出较晚，它们叫得也晚；夏天日出早，它们叫得也早。在日出前和日出后的叫声不同，日出前它们发出“鸟、鸟、鸟”的声音，日出后便改成“喳、喳、喳”的声音。小小年纪的他们，歪着脑袋在想麻雀的叫法和太阳有什么关系。

他们偷了大人的火柴，把能点着的荒草都点着，北风吹着，风头很硬，火紧贴在地面上，火首却逆风而行，这让他们吃惊。为了再次证实，把火种引到另一片草上，火依旧溯风而行。

他们观察过蚂蚁营巢的三种方式。小型蚁筑巢，将湿润的土粒吐在巢口，垒成酒盅状、灶台状、坟冢状、城堡状或疏松的蜂房状，高耸在地面；中型蚁的巢口，土粒散得均匀美观，围成喇叭口或泉心的形状，仿佛大地开放的一只黑色花朵；大型蚁筑巢像北方人的举止，随便、粗略、不拘细节，它们将颗粒远远地衔到什么地方，任意一丢，就像大步奔走撒种的农夫。

孩子最爱的还是松软的田地，田地里到处都是野菜。他们从小就知道野菜都是天然药，一种野菜治一种病，医生说蒲公英清热消肿，对肝有好处，荠菜能止血、降血压，包饺子、包子、馄饨，车前草能治小便不利。

下了雨，路上的虚土就成了稀泥，孩子在路上在门口抟泥，与泥土对话。泥巴其实是孩子们最原始的玩具，它取于自然，可以自由塑形，最能满足孩子的心意，最能放纵孩子的想象力。一朵朵青乌色、形状像鲜木耳的地软长在牛屎上，下一天雨，第二天去采摘最合适，雨下久了地软就溶了。提着采摘的地软到小河沟边，将整个竹篮放入水中把地软上的泥沙漂洗掉，然后提回家，交给母亲。母亲把漂洗干净的地软或炒或凉拌或做馅包地软包子给孩子吃。

庄稼和蔬菜的从种到收，村庄孩子能体验一个完整的过程，知晓一米一粟，得来不易。付出有回报这是天地之间的定数，当今教育往往教育小孩总是去索取，甚至去攫取，让义村的孩子们与天地相接通，天地沟通，培养其感恩之心。

在这个世界上，有一部分人，一生从未踏上土地。

终日奔走在钢筋水泥城市中的孩子们，面对生长植物的泥土，第一反应是“很脏”，面对飞蛾爬虫，大叫“快把它赶走！”好奇之心缺失。没有经过大自然熏陶的孩子，感知会受到影响——由于与大自然割裂，很多孩子不知道自来水是从哪里来的，以为拧开水龙头就有水；有些蔬菜只在餐桌上知道，到了田地里就对不上号了。蜜罐中成长的孩子顺顺当当，成人后没有承受能力，没有担当，注定平平庸庸。城市里游泳都挤在一个游泳池，山里游泳在清澈的河水里，水里还有鱼。城市的夜景是华丽的霓虹灯，山里的夜景是明月和漫天的星星。城市的花园一直围到墙边，山里的花园一直延伸的天际。城市里的人听歌曲，山里的人听虫鸣鸟叫和其他动物的声音。城里人整天拥挤在水泥建筑里，与电话、电脑等为伴，山里人整天与青山绿水、山花小鸟为伴。

大人们都不愿席地而坐了，只是因为总是怀疑地上有什么可疑的脏物，只是因为身上穿着、戴着名贵的物件，只是因为那摸不着的体面，慢慢地远离那一块块熟悉的石板，再不会留恋这些温热的土地了，也再不愿坐到这些光溜溜的石板上了。

土地是万物最伟大的消毒剂，劳动是上帝的教育。我们就这样轻易地脱却了天性中的从容与单纯，我们就这样轻易地被剥去了与大地亲近的机缘。

动物的故乡

乌托镇不只是人类的村庄，而且是动物的故乡。

走出乌托镇的人，当你想念那片土地，以前生息在村庄上的动物就一个一个跑出来，不停干扰着你的思维……

村庄里多的是牛、骡子、驴。马比较少，马是一种高贵的动物，它的志向和忠诚在战场上，在英雄的胯下。田地里琐碎的劳作只会埋没了它高贵的秉性，使它陷入平庸，甚至不如驴。

村庄人皆尽知的秘密是：牛眼看人要比正常人大得多，所以牛服人，以庞大之躯心甘情愿地供人驱使；鹅眼中的人要比正常人小，像一只只可以吃掉的虫子，所以鹅不怕人，见了人就直扑过来，狂妄地叫着要把人吞下去。这无知却无畏的胆量让人一直害怕鹅——人总是怕想法比自己胆大的动物。驴的眼睛看人最真实，它不小看人，也不会看大，却是斜眼看人，心怀鬼胎，边吃草边用驴脑子揣摩人的心思。

还有骡子，它是马和驴的杂交产物，高贵的马，落魄在民间，自降身段配了驴，生的叫马骡。驴配马生的叫驴骡。马骡高大，驴骡矮小。骡骡相配,却生不出后代,它是一块长不出粮食的土地。

总之,在村庄中,牛和骡和驴是最累的动物,牛是人情感中最可靠的牲畜,为人劳瘁一生。牛以它的忠厚、顽韧、能吃苦世世代代赢得人心,成为村庄人劳动伙伴的主体,家家门口都拴着牛。不能生育的骡子却有力气,天生是干活机器,没有天伦之乐的它一门心思只知干活。驴子的累是心累,因为它总是偷听着人的话,脑子思虑着人的事情。

村庄另外较多的动物是笨狗,村里人家家养狗,狗成为村庄生活的一部分。在村庄长时间的沉睡状态下,狗不会说话,但它什么都明白。相比人,狗更善于辨识对方的面部表情、肢体信号,还能判断对方做出某种动作的真实意图。

但是,狗也有失去智慧的时候,这里流传这样的一句话,就是“狗咬穿整齐衣服的”,狗少见多怪,看见的就是穿破烂衣服的,因此见了穿新衣服的,就觉得事情不正常。

整个乡村基本都养的是“笨狗”,这个品种的狗个头大、干净,最重要的是对主人绝对的忠诚。好汉照三庄,好狗看三家。它们看家护院,生人是进不了村子的。这些狗在村庄里的砖窑里、土场上、麦子地里成群追逐、嬉戏、撕咬、交媾,给这个静谧的村庄平添一些声响和生气。

村上曾有一只忧郁的另类的狗,它年轻时英勇地从狼嘴里抢下了村东头的邢老汉的小儿子,小儿子当时和大人睡在晒麦场上,狼悄悄地来了,学女人嘤嘤呜呜地哭,然后突袭男孩,被这只狗拦路夺回。这男孩后来一辈子的小名就叫“狼剩”，长大后脖子上还留下狼爪的痕迹。

虽然救下了人命，被邢家的人当作恩人，不再当作畜生。但奇怪的是，这狗却一改以前的骁勇、凶悍，变得蓦蓦腾腾，迟迟疑疑，毛色干涩，动辄嘤嘤呜咽。

村里人都说，狗被狼摄去了魂。它经常低眉顺眼，满眼泪光盈盈地走出村庄，忧郁地站在村边的地里，迎着夕阳，失神落魄，一站半天。

这只在白天里低着头在厕所找屎吃的狗，被小孩追打着仓皇逃窜的失魂之狗，一到晚上，却蹲坐在高处的土丘上，仔细舔干净自己的脸和爪子，理好自己杂乱的毛。然后，头朝上，对着月亮，汪汪地空洞地叫，月光一样干净神秘的长吠。

终于有一天，邢家的人在废弃的砖瓦窑一处荒僻的草窝里找到了安详死去的它，人们从他的肚子里取出了昂贵的狗宝。

村庄在夏季也有蛇，村庄人不叫蛇，叫“长虫”。村人相传，树荫下的三岁小孩曾经捏死过一条小蛇。三岁小孩睡在树荫的凉席上，父亲正在碾麦子，母亲在厨房忙乎，一条蛇爬上了凉席。三岁小孩的手只有两种状态，一是摊开一是攥紧，他攥着冰凉的蛇，以为是母亲的身体，越攥越紧，最后竟然把这条小蛇攥死了。

村西头的沟里还有成群的野鸡，野鸡的多少与年份有关，哪一年雨水多，第二年的野鸡就少。原因是野鸡幼崽最怕雨水，这雨水会呛死尚未在雨水中学会呼吸的它们，同时野水也会冲了野鸡的蛋，让野鸡无蛋可孵。

村上曾经有一只大奶羊，当时邻居高家富贵的小儿子病恹恹的，走路摇摇晃晃弱不禁风，差点夭折，富贵就从西山里买了这只羊来。十三岁的他不上学，每天的任务是牵着山羊去田野里放，他一拐一拐，右手提着一个大的搪瓷茶缸，时不时地钻到羊肚子底下挤奶，白的发蓝的奶嗤嗤地射进空洞的搪瓷茶缸里，形成一个黏稠的漩涡，这时因为长久地弯曲着身体，他小而苍白的脸盘会散发出一丝血色。然后，他就站在野地里，喝得很贪婪。就是这只和善恬静的羊，这只眼圈湿润眼神平平静静，温温柔柔的羊，硬是把一个差点夭折的男孩养成了一个高大威武，雄赳赳的大男人。他最后当了兵上了军校，成了一名团级军官。当他回到家乡在田野麦茬地里转悠时，他是否是在寻找让他喝了整整三年奶的羊呢。

村庄的另外一种小动物，是虱子，因为缺水，那个时代村庄的人身上都或多或少地长着虱子。

人人身上长虱子，所以互相不见怪不嫌弃，平等友善。

关于虱子的经典镜头是村上的光棍老田，他总在阳光明媚的日子靠着大场的麦秸积子上捉虱子，边捉边笑，很陶醉地笑，这是一个老人在晚年的暖阳下最享受的娱乐。

关于虱子最触目惊心的回忆是，一位参加过长征的老红军，经常轮流给我们农村的学校做报告，报告中最精彩的不是与敌兵的战斗，这位八十多岁的老人记忆之中最清晰的却是那个特殊年代的虱子。他说当时红军战士虽然缺吃少喝，但是身上虱子却挤堆生息，每逢休息，战士们就脱下衣服用一块石头垫着砸，噼噼啪啪砸完了，另一块青石的一侧也就被斑斑点点的血迹染成了红色。

村庄在长满虱子的年代，物质清贫生活简朴而情感丰富友善，在文明到不长虱子的年代，村庄的人的脑子里却长满了虱子，时时不得安宁，都寻摸着抛弃自己得心应手的土地，走出去。

有情绪的工具

乌托镇人的话语中，把“肯”“爱”字用得最多，这两个字都是情愿动词，表示意愿的，他们不但来描述人，也来描述动物，甚至是天下万物。

比如,研究收成时,他们会说,这块地肯长玉米,不爱长豆子!

耕地时，会评价说：“大民的牛不实诚，吃不饱就不肯干活儿！”

挖地时，会判断说：“这把镬头不肯吃土！”

拉绳子捆柴禾时，会说：再使点劲，绳子才肯吃劲！

乌托镇的人这样说话，是因为他们认为这些畜生和物件都是有生命的，像人一样应该有它们的情绪和思维。所以，你经常会看到乌托镇的人对着工具说话，或哄劝，或咒骂，或夸奖或承诺。

他们会扛着木犁边走边骂犁：天阴了半个月，你也变得暮气了，你今天不好好干活，偷懒耍奸呢！

他在磨镰刀时会晒着太阳磨，磨完喷一口白酒，太阳加上烈酒，这样镰刀在割麦时会显出一股烈劲——这，村里人都知道。

最普遍最广泛的运输工具是手推车，有独轮的、两轮的，推土、送粪、收割拉运、甚至推老人逛会赶集走亲戚都用这种车。推车是向前推着走，只有在两种情况下拉着走，一种是空车时拉着走显得轻松惬意，可以边走边吼秦腔，另外一种是车上堆积的物体太大，向前推着看不清路。几乎家家都有牲畜，既能使役也能攒粪上地，所以给牲畜铡干草，青草的铡刀是畜圈中的必备之物，以及与之配套的牛纥头、牛笼嘴、马叉子、犁、铧，还有打场的箭杈、刮板、木锨，长条口袋、穿子、升、斗，女人从事家庭生产用的纺线车、织布机。

乌托镇是一个圆心，周围散落着几个小的村庄围着圆心转。村上的智者邢三在集镇上开了一家铺子卖农杂工具，一个镇上的繁华，都赶那风口上的生意，过年卖新衣，夏天卖西瓜，乱得没有纲目，许多人倒也忽然发了，令许多人只见终日忙碌，并未见有钱存着。倒是邢三，认定了卖这农杂，绳子鞭子，铁锨和锄，犁和耙儿，镰刀斧头，开门都见生意，没有挤门的红火，也没有关门的冷落，独此一家，四季稳妥。

他不只卖这些农具，还背过人给它们说话，他会对着一地的锄头说，人过留名雁过留声，人一辈子就活名声呢，你们是从我这走出的，就得给我撑脸，干活要不惜身，要有钢口，宁折不弯！

村里还有一种原始的收割工具叫删镰，收割的方式叫“删割”，是将一个一米长的刀刃嵌在一个“7”字形的木柄上，木柄上类似渔网，用竹篾做成。“删割”是个技术活，只有力气不行，挥动时从右至左，像舞蹈，浑身不能僵硬，头手全身都被调动起来，配合默契，要“筛”，这是动作要领，这时全身的气力要聚集在腰上。这种收割方式要比用镰刀收割要快，但是因为不得要领，村庄里没有几个人能熟练掌握。

在田地里用得最多的工具是铁镢头和铁锨，都是手工的，生铁，有足够的重量。年轻人喜欢用镢头，高高地举过头顶，眼看要落向身后砸向脚后跟了，又急速返回，挖在眼前的地上。镢头的重量使得镢头深入地下，拉出一块土，从岔开的两腿之间远远地抛弃在身后。

年轻人只顾眼前，往前走，眼睛看着眼前或者更远的地方，身后是一片新鲜的泥土，酣畅淋漓。

上了年纪的人相反，他们是倒退着走。他们喜欢用铁锨，铁锨和镢头比较像，也是一块铁板，把镢头掰直，和柄没有角度，就成了铁锨。

和年轻人相比，铁锨比镢头使得劳动变得从容和柔和，锨刃轻轻插入地下，脚一踩，入土，把锨把一压，端起一铁锨土，扔到前边的一个地方。

新翻出来的土湿红一片，散发浓烈的泥气，又腥又鲜。他们边干边看着自己干过的活路，倒退着走，心中有数。

节令即是命令

立春动地气，一年一回，标志着春天的开始，斯时阳气上升，万物生发。村子从前有一种测春天的方法，就是把一个竹筒竖着埋在地下，筒口露出地面，竹筒中放上一片鹅毛，什么时候鹅毛飞起来，便是冬去春来矣。村中长老宣布春耕开始。

民谣“春来鹅毛起”，便是村庄对春气萌动的感受。

村庄有一种遍地都是的植物叫茵陈，也叫“因尘”。《神农本草经》：“茵陈，味苦平。生丘陵阪岸上。”《本草拾遗》云：“虽蒿类，苗强，经冬不死，更因旧功而生，故因陈，后加蒿字也。” 村里人说茵陈：正月茵陈二月蒿，三月拿来当柴烧。 茵陈本是一种蒿草，只有越冬时长出的芽苗才叫茵陈，等开了春以后，长高了，就成了蒿子。这种植物，是茵陈时是一味中药，性微寒，味辛、苦。能清热利湿，退黄疸，可治疗各种急、慢性肝炎等病。是蒿子时就全然没有治病的功能，只是当柴烧了。同样的植物，采集时令不同，价值则不同。

不是所有的萌芽都是让人喜悦的，比如长错地方的麦芽——

有一年，全村人正准备盛大的收割，却连着下了七七四十九天连阴雨，麦穗被雨水泡黑泡软，直接在站着的麦穗上又长出了麦苗。

起先麦子还确实不到收割的时节，泛绿，但是就在这连阴雨中成熟了。错过收割时节的成熟麦子黑戳戳站在地里，像早孕的少女充满羞愧和自责，站在满地的麦穗上长出嫩绿的麦芽，让人心焦。

村人的田地集中在村东头，这是一片广袤、连片的地，集中种植的当然是麦子，因为缺水种不了陕南的水稻，也种不了陕北的小米。

村里曾经有人试着种过小米，但是种过的人都知道，小米产量低，很消耗土地，连续几年就会伤透了土地，小米很有营养——它的营养是从土地的精华中“掠夺”过来的。

且说那年黑锅一样的天穹下，村子里的人，忧郁地来到这片田地的地畔边，看着这一大片发黑发芽的麦子哀叹。这四十九天每天对他们都是折磨，即使深夜，他们躺在土炕上，辗转反侧，焦虑地思索着他们的麦子。

村子西头的王山娃又开始打老婆，他抓起扫帚狠着劲抽打着老婆的腰和臀部，有人劝架，婆婆偏袒自己的儿子说：他是个强人，如今却施展不开手脚，没有天时没有地利，他不打媳妇你让他去干啥，杀人?

不急不缓的连阴雨泡透了整个村庄，使得整个村庄湿淋淋温吞吞的，在村道上，每一脚下去就深深地陷进去，带出一脚沉重的泥，人们无法把田地里的麦子收回来，无法晒干脱粒，无法晒干入库。村庄的许多窑洞也经不住浸泡坍塌了一片又一片，细心的人家用粗的木头支撑着窑脑。

天总是不放晴，有时是雨一停歇，天稍微一亮，过不了半天又噼噼啪啪地来一阵雨。村里最大的窑洞里住了五家人，院子中有棵大龄的杏子树，熟透的杏子也噼噼啪啪落下来浮在院子里的积水中，不知愁滋味的孩童和母猪们在肮脏的积水中抢食杏子。年老的太婆把勺子铲子扔出来在泥地里，对着天大胆地骂道：老天爷，你没有眼睛，我们也不想活啦！——这是农村人的一种愤怒的祈祷，或者说是巫术，是向老天示威。

天空下雨是天地阴阳沟通的一种方式，雨是天地间的脉络和通道，雨落到地上变成热气，雨把大地的阴性能量带到空中，如此循环，为天地接通，是天地能量协调的一种方式。长期下雨或者不下雨，地上的人与物不协调，都会生病。

整整四十九天后，路虽然还泥泞，天终于不再下雨。这时，长在麦穗上的麦芽已经一拃长，人们聚集在村口的大槐树下商量对策，脸上个个能拧出水来。

村长说：这是我们的麦子，就是长了芽也得收回来。

他们开始带头走进地里，只割掉麦穗，留下很高的麦秆在地里，好像是一种惩罚。因为等不及太阳，他们把土炕烧得滚烫，把麦穗在土炕上烙干，揉下麦芽，取出麦粒。

这麦粒磨成的面发黏发甜，吃了胃发酸。全村庄的人，在随后的那一两年里，都在吃着这些早熟的发过芽的麦子。而实实在在吃了一两年这样麦子的人，都落下了胃病，经常发酸。

这一场雨，对村庄是一次精神层面的打击——男人们变得寡语了，脚步很重很沉，偶尔彼此疲惫地打着招呼，也夹杂着很低沉的喘息声，像是从地深处传来，甚至有时是一声声的叹息。麦子收割后麦茬地会闲几个月，人们一般叫歇地，或者种一料黄豆秋后收割，因为黄豆这种植物反而能肥地。地也深谙，这是全村的男人再次悄悄地蓄积力气，想要从头再来。

女人们很乖巧，在这时告诫儿子们不要淘气惹大人生气，她们不用看男人的脸，她们默默做着自己的事情，给男人纳着鞋子。

在纳鞋子的她们中，个别天赋高的会琢磨出一些很深的人生哲理来。比如，个别的她会深谙男人老是从脚先老的，当你不年轻了你的脚也没有以前灵便，它蹒跚着撞击着地面，套在脚上边的鞋也变得暮气腾腾，这双脚鞋的主人最终能量耗尽，匍匐在地上，与这双鞋一起被埋掉……

长错地方的麦芽！在雨季中错过收割的麦子！在麦穗上长不大的麦芽！随着时令价值变化的茵陈……这些都似乎在暗示、强调一些关于时节和时令的大道理。

人生也是节气。春天就做春天的事情，去播种，秋天就去做秋天的事情，去收获。夏天游水，冬天堆雪，快乐时笑，悲痛时洒泪。

于是，在发芽的麦子昭示的生命不可逆的哲理下，她们更用心意在这鞋子上，来尽量挽留自己男人的岁月。

磨镰刀的声音会使麦子返青

一个人面临宏大而神秘的一生时，其实也就是面临几十次的收割而已啊。经历了一轮寒暑及收割，一个人的生命便向前跨了一步。

一进入农历五月，整个村庄就能闻到麦子成熟的香气。麦田整整齐齐摆在辽阔的大地上，仿佛一块块耀眼的黄金。

麦田是五月最宝贵的财富，大地蓄积的精华。风吹麦田，麦田摇荡，麦浪把幸福送到外面的村庄。登堤望去，麦浪连天波涌，漫地黄金。进入这个节气，农民心里明白；要抢在雷雨之前，把麦田搬走。

斯时，有一种鸟儿在树间穿梭鸣叫，声似“算黄，算割”，只闻其声，不见踪影。这是催人民收割的鸟，叫杜鹃，这种鸟在不同的地方有不同的叫声：在秦岭北麓的这片黄土地上叫声是“算黄，算割”，在西地新疆一带的叫声为“布谷，布谷”，在大山秦岭以南的川地叫声却是“民贵呀，民贵呀”。

对于村子来说，麦子是土地上最优美、最典雅、最令人动情的庄稼。五月的收割是一件大事，这是酝酿一年的事情。绿油油的麦苗慢慢变成黄黑色，站在一望无垠的地里，交头接耳或者静默，都能制造出一种紧迫的气氛，让人很焦灼。村里总是有人去地头看麦子成熟的火候，噙着烟袋，眼光深远，很严肃。

在远离村庄的城市里，四季不分明，季节是模糊的，岁月推进生硬而没有过渡——在空调的冷暖平衡下，在热烘烘的城市废气熏蒸下，在各种电线磁力线和信号的干扰下，城市人就这样地与自然脱节，已经变得麻木、混乱，极不敏感。

村里其他的人在饭后，等到天黑严实，圪蹴在院子里的黑暗中磨镰刀，很庄严，仿佛等着一件大事的来临。磨镰刀的声音会使麦子再度返青，这些种地的人都知道。所以他们要在黑暗中把镰刀磨亮。磨完再喝一口酒喷在镰刃上，这样镰刃有钢口，好用，有烈性！

收割时的仪式是在心里完成的，第一镰下去时，人们的手是颤抖的。地上潮热的气息扑面而来，人就有一些眩晕了。这时，大地很静谧，他们稳住身体，握住跃跃欲试的镰刀开始收割，幅度很大很虔诚，像是优美的舞蹈。他们每一次弯腰低头就能清晰地听见麦秆铮铮铮变黄变干的声音，能听见血液在血管奔突流动的声音，能听见细小的昆虫在麦秆间细小的飞动和细小的呐喊。他的身后便留下一个个麦捆，像是一个个放大的脚印。一垄地到头，男人们站起来，女人已经从家里拿来了红豆稀饭和辣子馒头，男人们坐在地上默默地大口吞咽，累得没有力气说话。

他們中年事稍長者，會在飯後慢悠悠走上土坪子，極目遠望。人們不知道，這是他們給自己物色着墳地。

架子车在地头，女人扶着车辕，男人用铁叉把麦捆一叉叉挑上去，用粗的麻绳拉紧，男人一使劲，架子车就咯吱响，一些干酥的麦子便滑落下来。绳索深陷进麦捆中，女人也麻酥酥地想往麦茬地里坐坐。

所有的麦子都被堆积在场里了，用铁叉挑开晾晒，叫摊场，在中午阳光最毒辣的时候是碾打麦子最好的时机。牛或者骡子被套进辕里拉着石碌碡，踢踢踏踏转着圈子，麦子就刷刷地落下来。儿子这时手里拿着一个笊篱,接在牛的屁股下防止牛粪忽然落下。碾一遍，再把麦子翻过来碾一遍，麦秆就变得很瓤火很柔软了，在阳光下更发着白光，这时候要起场，要把麦秆与碾下来的麦子分离，麦秆堆在一边。这时候用的工具颇多，有铁叉、六股木叉、叉、箭叉、推耙、木锨等。

这个时候最怕老天变脸，刚还是毒辣辣的太阳，顷刻间就乌云密布，冰雹雨点劈头劈脸砸下来，这时就像给一个热锅里泼了一瓢水，全村庄都沸腾了，铁叉和木锨的碰撞，男女老少紧张地跑动，互相竭尽全力地吆喝、呵斥，浮土夹着雨点砸起的水汽，乌烟瘴气。

麦秸又被堆积起来，从雨中抢夺回的干净麦子被装进袋子扛回窑洞。村里的少年经常会被父亲追打着跑过村落，他们在疲惫至极中嫌儿子们干活没有眼色，活计做得不到位，手脚不麻利。作为父亲的太累了，他们在树荫下喘息，在睡梦中喘息，在阵雨突然降临浇透了麦子时叹息。

在村庄，一切教养都是以身作则。

大人带着孩子投入劳作，让子孙在亲近土地时晓得了敬畏大自然，在挥汗如雨中懂得了惜福，在暴雨骤然而来虎口夺粮时懂得了协作和配合。

如今，村里走出的孩子们，曾经与大自然的亲密关系不再，成为白领阶层的他们，文艺的劳动仅存在于指尖和计算机键盘之间。

如果碰到好天气，碾麦子就显得稍微从容些。等麦秆被碾成薄薄的很瓤活的一层皮，把这些皮用铁叉剔掉，剩下麦粒和麦皮堆积起来，这时要等好风来扬场。而好风一般在后半夜才来，这时每家的男人就稍微休闲一点，慢慢地就着西红柿炒青辣子吃了面，喝了一壶茶，在场上抽着烟等好风。风一起，男人们就挥起木锨趁着好风扬场，麦粒唰唰地落成一道弧线，麦壳则被好风吹远。往往等到天亮家人出来，才发现男人已扬完了场，疲惫地倒卧在那弧形的麦子旁边睡着了。

割麦碾场完后，他们要把脱粒后的麦秸集中垛起来，在场里集积子，往往十几亩、几十亩地的麦秸秆垛一个积子，高大雄伟，像盖房子一样有棱有角，还要懂技术的人反复修理、造型。这种大的积子需要很多人来帮忙，只要谁家集积子，就会有人自带杈把去帮忙，主家酒菜招待，带有收获喜庆之意。

整个紧张的节奏要持续近一个月。晾晒完麦子，村里人才逐渐松口气，邻居开始互相打问着收成，谈论着天气。

其实，能反射太阳紫外线的月亮也能把人晒黑。

人们这时发现五月的日头和月亮狗日的太毒了，晒得全村人都黑了，都瘦了一圈。这时他们也会发现自己在脱皮，胳膊上脖子上白花花一撕一片。昼夜连续辛劳，顾不得洗澡和换衣，他们的身上的汗味里覆盖着的更浓郁的草木气息、泥土气息、庄稼气息和旱烟气息——这是整个大地的气息。

秋收后，田野如新婚的房间，已被农民拾掇得干干净净。一切要发生的，都已经发生，一切已经到来的，它都将容纳。

后面几个月时间里，他们会让这些地闲着晒着，叫“歇地”，为秋季的再一次耕种积蓄地力。

他们中稍微年长的，会在饭后，慢悠悠走上土塬子，极目远望这辽阔而富足的原野。

人们不知道，这是他们给自己物色着坟地。因为他们明显感觉到自己命中的收获又少了一季，自己的生命又向前走了一步。但是他们对死亡很淡然很从容，不逊于任何一个高贵者。反正坟地就在村子附近的麦地里，甚至就在自己耕作了一辈子的自家地里，他虽然要离开世间却依旧会记挂着那片土地。

坟地依偎着村庄。

逝去的人，并没有离开，只是换了一种方式与活着的人相处，自己可以经常在坟地和房屋中间走动，查看儿子的活计，或者就直接蹲在地头看儿子媳妇们收割……

山 人

大山横亘东西，千万道脉络深处层层的褶皱里，世代生息着十数户山人，为世人所不知，安逸自得，独享其乐。

山涧不大，狭而长，多白石，由于山顶耸入云端吸纳水汽，涧中便有泉水，这石簇拥着一股水流，随着山势，忽左忽右，忽大忽小，时而激越，时而柔和而善感，有云飘过，它便阴郁起来，有风拂来，它就漾漾不已呢。

山人家家拥有一个山头，围着这山头一圈圈耕着田地，整片的好地里种着玉米、麦子、高粱，地畔子上种着蚕豆和土豆，山沟涧里一点水田里种植水稻。他们亲切地骂着瘦的牛一圈圈犁着山头，山头远看像人的手指，地犁完了，上边就有了指纹。

山上挂一轮白日，一弯瘦月，脚下一个指头的纹路，山人相互嘲笑累死累活也逃脱不了“如来”的手掌，其实，是他们不想出去，下山是很长时间才一回的事情。麦熟了，就一捆捆背下来，碾了扬净，吆了牛下山，去粮站交粮。

山人好客，但言谨，熟人碰见，只问：“吃了？”以表和睦。

心里稀罕人，但偶尔有生人进了村，却不自然，就回头凶狠地喝骂自家的狗，有点讨好的表情。

山人的口语里经常冒出一些很雅很古老的词语：他们把对某人的重视叫“敬视”，比重视多了一层味道；老人去世埋葬叫“葬埋”；评价某人嘴上乱说叫“乱曰曰”。山人把右边不叫右边叫“右首”，左边叫“左首”；山人把眼睛叫“鸟窝”，以鸟的飞出翔入比喻人眼的神气；山人骂人也显得文雅，骂滚开叫骂“滚一岸去！”

山人家里一进门就是两个硕大的锅台，锅下是柴棒嗞嗞烧响，两个锅里都是乒乒乓乓，一个给猪煮食，一个给人做饭，互不干扰。屋子里有一火塘，烟雾缭绕，终年不息，屋顶悬吊一扇扇猪肉，颜色黑红，击打声音崆崆如石。山腰上一片地里横七竖八的搭着一些树枝，那是用来点种木耳和山菇的。

有贵客来，火塘热灰中必温一壶酒，是自酿的玉米酒，因为酿造时间有长有短，所以有时清香有时浓烈，随意取来，全无定数。贵客来，菜是不错的：炖土鸡、炒熏肉、炸蚕豆、炒山菇。

山上没有电，所以就少了娱乐，少了噪音干扰，天黑得很纯净很彻底，油灯很温暖很亲切，邻居们相互走动，围住火塘，用树枝挑拨着火苗，打着盹，听者似无意，说者更无心，絮絮叨叨，吱吱呀呀，火光温暖，在各人脸上闪闪烁烁。

冬闲时，在更旺的火塘边与女人们说话，厌烦了就开了门朝外看：山瘦了，河封了，雪落得有半尺厚，连一个活物都没有，这时就生出些无聊赖。男人就立起，紧紧皮带跺跺脚，从墙壁上取下土枪，上山打它一只麂子来。

山人从不怨命，快乐惬意，人心清静，所以很少得病。早上端了硕大的粗瓷大碗盛了苞谷糁、腌菜，中午挑起长长的浆水面吃得满脸油汗。在冬日暖洋洋慵倦、空旷的气氛下靠南坡坐了敞了胸，安静地逮虱子，周围没有观众，唯一的观众只是对面山头上那个女疯子，这女人天天用木梳在头上梳虱。

山人迷信，谁做了不好的梦，便在西墙上写到“夜梦不祥，写在西墙，阳光一照，化为吉祥”。山顶有一石洞，洞中有水，水有立石，水噬风蚀，却成一人形，像佛像僧，又有一束阳光射入，便有光气萦绕，山人虔诚而拜，所求之事必灵，以为神石。有慈善老妪，三五相约上山膜拜，心中愁苦无不应验。偶有作奸犯科之人，良心谴责，诉于神石，下山则修桥铺路，做尽善事。这里淡于法典，只有神石，神石安定着这几户人家。

这山，是被外界的喧嚣遗忘了的，听不见山下公路上汽车喇叭，听不见尘事烦音，只有静谧。

而在夜里，这山涧是彻底被遗忘了的。雾气浓浓地弥漫开来，月光很怪异，某个山头响起了一阵阵哟哟哟的狗叫，声音湿润而空旷，山脚下大民的一只狗有气无力地呼应着，复又沉静。

这山，又沉沉入睡了……

游村的匠人

一道景致，滋长福祉。一种技艺，桑梓民生。

村庄器具多为木制、铁制、木铁合制而成。村庄匠人，最忙碌者乃其木匠。千株万木，木匠取之求变，师承鲁班，天工开物，运斤方圆。转墨斗而生以奇线，舞锛刨而飞于妙观。普通村民，住有房，睡有床，舒舒朗朗有门窗，坐有椅，写有桌，衣服杂物有柜箱，复有磨具碾具窖辘轳，锄犁耧，庙堂寺院，亭台楼阁，斗形弯影，安居乐业，全凭木匠一双手啊。

村里也有铁匠，他们用钢碳笼火，用风箱猛扇，火里炼器，去粗存精。老铁匠用小铁锤，小铁匠用大锤，小铁匠没有技巧却有蛮力，老铁匠失去气力却深谙火候，用小锤来修正大锤的鲁莽和过失。 叮叮光光，大小铁锤相互配合，一张一弛，一重一轻，互相补充，愉悦轻灵。斯时，黝黑发亮的肌肤上肌肉在涌动，年轻人一律眼光凛凛，气势汹汹，热汗纷扬，年长者，气息沉稳，眼神温和，看定火候。

村里泥瓦匠人自古都有，他们最早时是给下地窑洞圈窑面，安装天窗门户，后来村庄始有地面以上的土墙房屋。他们一双大手，一把瓦刀，砖瓦木石，脚手高架，沐风吞雨，为他人造安居之所。初春，暖洋洋的，原上原下青春一片，这时候，地开冻，水生热，是开工凿窑盖房的好当口。深秋，风大一阵小一阵，风大时，草吹得翻白着，像满原白花，风一过，草又成了暗绿色，这皆是泥瓦匠人出活的好季节，他们要一直忙碌到年关土冻实时停止。

石匠是越来越少的一种匠人了，他们攀岩钻谷，打锤系绳，在石壁上放炮取石，敲打成石磨盘、碌碡、牛槽马槽，十人大杠抬到家家窑洞里。随便把各家用坏的石器帮忙移到外面去。他们的讲究是，只要是石头制成的大东西，石磙、石槽、石磨，只要残了，万万不能放在家宅里。

石匠还有一个捎带的活儿，就是挖一种“白土”送给四邻。这是地下蕴藏的一种非金属的物质，白中泛蓝，人们把它叫“白土”或“蓝土”，可以当作涂料用来粉刷墙壁。把白土晒干碾面，和成糊状，刷在墙上会放出一种淡淡的清香。

小炉匠是一种热闹的手艺，村里来了小炉匠，朝人多处钻，钉锅钉盆钉陶缸，叮叮当当，噌噌嚓嚓，遂有老人孩童围拢，忙煞婆姨大娘。东家提来个裂口的锅，西家抬来个有豁口的缸，左邻端来有缝的盆，右舍捧来缺口的觞。杂七杂八一地，横三竖四排行。小炉匠人不急不慌，叼起一根卷烟，眯着眼儿忙，修旧利废，补裂修纹。

再说铜匠、银匠，村人喜铜器雍雅，天泽炎煌，防锈耐用，生铜熟铜紫铜黄铜，铜栓铜顶铜锁铜环，堂皇富丽，温馨阳光。银匠摊子小，技巧大，大到器物，小到饰品，刀刻镂雕，勾丝连缀，器皿铮铮，精灵毕现。他们一盘炉子一台砧，一把小锤一根管，传承神艺。

油漆匠全凭一支画笔、一板油刷，谁家请木匠做了新箱子新柜子，便请油漆匠人在上边画上鸳鸯福禄，熊猫吃竹，青山黛岳，丹华翠箐。一物一景，水起风生，滋生福祉。

裱糊匠人，一盆糨糊一条凳，一把剪刀一卷绳，用苇秆绑扎屋顶，特别是农历春节前最忙，乡村喧腾，他们却静心屏气，为主人遮住房顶窑顶落土，为老屋增添新气色。如果主人厚道，他们还会捎带请来“财神”，贴上“福兽”。

这些手艺人，老者师傅一一死亡，年轻徒弟纷纷转行。他们的灵巧，他们的智慧，他们的手艺以及纯粹的快乐，连同他们带给村庄的快乐，都随着他们的身影渐渐远去，似乎从来也没有出现过……

野 情

巧云是黄土高原北端乌托镇唯一的名人，她是个疯子，游荡乞讨于镇子北边的十一条沟畔之间，发生在她身上的古怪举止成为红马镇上人们有限的新闻与娱乐之一。

富平是在一个中午从南边高唱着东方红太阳升摇摇摆摆顺着山峁爬上乌托镇的，他裤子上的一个破洞随着爬坡时屁股的扭动露出一块耀眼的白肉来。他模样很端正，高考屡试不中，心思又重，最后就疯癫了。

正在午休的人们纷纷从窑洞里靸着鞋走出来。富平穿着黑色的棉袄在此起彼伏广漠无垠的黄色土丘的背景上像一个正在肉皮上爬行的虱子。人们都不约而同地嗬嗬笑起来，他们都为生活多了一份刺激而暗自兴奋，并且他们一致认为巧云和富平之间会发生一点什么更富刺激的事儿。

富平除了无意间向人们吐露了他的名字外，就在镇子南边安分守己地乞讨，除了与巧云在路上偶尔碰到，两者没有发生争抢地盘的事儿来，这多少让村民们有些失望。

冬天的太阳温暖而使人慵倦，人们倒卧在向阳的麦秸积上，或者搬一个竹藤椅向南放着坐上去，眯着眼睛望着对面山坡上的一弯弯的梯田，一弯弯的东西越来越多，慢慢迷糊了人的眼睛。一些复活了的飞虫在温暖、静寂的空气中嘤嘤嗡嗡地划着圈，零散分布在对面山丘上的杨树银雕般地插入蓝色的天空，在黄土高原冬季简洁的背景下像一个剪影。

对面坡上蜿蜒的山路上巧云和富平碰到了一起。年轻的巧云在冬天的暖阳中鲜活而丰润，健壮的富平对巧云招手说，你和我好，我给你吃馍，你和我好，我给你唱东方红。冬天的太阳里万物已萌发出春的气息，在这春的气息里所有生命都会产生扩张、成长、繁衍等等欲念，对于男人来说脑子里浮现最多的还是女人、做爱等念头。于是，好像是水到渠成自然而然，在这春的气息里两个没有任何道德、舆论、世俗标准束缚的生命便纽接在一起，发出最原始最坦荡无遗的生命撞击。两个黑色的虱子在黄土高原黄色病态的肌肤上翻滚、撞击，发出类似战争的啊啊的呐喊声，从一个梯田上滚落到下一级梯田里……这是乌托镇有史以来最阳性的镜头。

晒太阳的人们张着嘴巴端坐着目睹了这个惊心动魄的场景。然后，这些已经烦透高原平淡生活的人们到处传播着、形容着、嬉笑着，眉飞色舞地度过了一个个愉快新鲜的日子。

巧云和富平经过生命最原始的亲近，便离不开了对方，他们相扶着沿镇乞讨，他们互相推让着吃一个白馍，他们像神仙一样朗朗地笑着。夜晚，他们相依偎在避风的窑洞里或者麦秸堆里恩爱。镇上的人们每天的语题都离不开巧云和富平，人们容光焕发地传说着两个疯子之间毫不遮掩的恩爱亲昵，又希望他们每天创造出新的刺激和谈资。但是当巧云和富平互相搀扶着从街道走过时，所有的人都表示出极端的厌恶，都撇撇嘴巴骂：不要脸的货嘛！

那天下午，由于十九岁守寡而在乌托镇享有崇高威望的七十岁的黑老婆，敲响了村口古槐上的破钟，她召集了全镇的老少，她手叉腰指点着所有的人们："你们眼都瞎了吗，难道还不如我黑老婆么。你们就看着让那两个丢人丧德货给我们这族人脸上抹黑吗，乌托镇上的破窑是干啥的？！"她像领袖一样坚定地挥舞着黑色布满青筋的手，并且很随手地抹摔着青鼻涕。

她的姿势在夕阳的背景下像一个展开翅膀的猫头鹰。人们汹涌起来，人们长时间藏匿在内心的一口气终于爆发出来，人们（包括黑老婆）心里都狂喊着："凭啥光让你们两个快活！"黑色的手指挥着汹涌的人流冲向小巷，山谷，人们找到巧云的时候她正端坐在一块白石头上，富平正掬起溪水给巧云洗脸，怀有身孕的巧云显得很恬静。

疯狂的人们把他俩拖上乌托镇的坡岭，黑老婆已指挥人架起了干柴，巧云和富平在柴垛上挣扎了一会儿，就再不言语，紧紧抱在一起。火点燃了，汹汹地舔舐着干柴。火中的人在痛苦而酣畅地欢叫着，舞蹈着，拥抱着。

时隔多年，那一幕仍然深深地印在所有参与火葬的乌托镇人们的心里。最后人们把烧过的灰烬铲进破窑。据目击者回忆说那一天下午天上像杀了猪一样的红，太阳红得很，最后半个天都染成红的了。红马镇上的人们被罩在这种红色的光晕中，红色的光晕中黑老婆擦着满脸的黑水兴奋地说：“这窑里已经埋过四个不要脸的货了，早先那两个，是村里的一个寡妇和串街的货郎，不要脸的在这里幽会，被人发现后直接封了窑顶，闷死在里边了。”

若干年后，镇上一个年轻人听说起这个真实而荒唐的故事，就用刀削了一个木牌子，写上了歪歪扭扭的“情冢”两字，第二天牧羊时顺便插在了那道岭上了。

呜咽的漆水河

那是十几年前的事了，当时家乡的药王山下还有一条漆水河不大不小地流淌着。河边有间草房，那就是傻子顺子的破家。他光棍一条，种二亩薄地，睡一方土炕。

傻子的被子油腻闪亮，日头好时，他就靠着南墙，拎着被子坐了，眯着眼叭叭的挤虱子，得意时便会吼出一两句秦腔，惹得河边玩水的孩子们嘻嘻地笑。笑是笑，他们不敢走近的，因为傻子有时会一把提起孩子的衣领，眼里闪着毒光吼:“还我的妞妞。”碰见河边洗衣服的媳妇们，他也会慢慢地走近，羞红着脸说你见了我妞妞没。人家说见了，他就又问那她啥时候回来呀！人家说你乖乖地在家等，她马上就回来了。这时，他就极幸福地走开，回到他那间破屋。

傻子以前并不傻的，长得宽额直鼻，方口大耳，妞妞也是远近闻名的美女子哩。他俩还是孩子时就一起玩耍。以后又一起上初中、上高中，村上的人都说他俩是天生一对。毕业后，妞妞的父母嫌傻子家穷，又有一个老爹，就把她嫁给山下镇上的一家富裕的农户了。傻子天生懦弱，与妞妞抱头痛哭一场，认了命。可是婚后，妞妞那个有一身蛮力的丈夫听了些傻子与妞妞之间的闲话，整天也不给妞妞好脸看，待最后，每天都要打她一回。傻子知道妞妞受了惊惶，每天就提一根破箫来漆水河畔坐下，吹出呜咽似鬼嚎的调子。

终有几回，妞妞受不了侮辱，娘家不想回，就来河边找傻子与他爹，多少次她哭诉说她要与那畜生离婚，再穷也要与顺子哥活一起。胆小怕事的父子俩总是把她劝回去，她回去后又遭毒打，傻子也照样吹他那支破箫，呜咽如女鬼。

一天深夜，妞妞拖着满身的伤痕又拍响了傻子的破门，门始终没开，妞妞的泣声一直响到半夜，傻子就对着门缝说："妞，快回去吧……"妞妞不哭了，她对门缝恨恨地说："你真是个站不直的男人。"最后她就走了。第二天，人们在河里找到了她的尸首。

从那以后，顺子就傻了，往往在集市上碰见成群的女人，就走上前去，呵呵笑着："你见我妞妞了么？"见人们散开，就又上前一步道："当真不见了么？"要么就是在街上踱着方步，一脸高古之态，有外地的生意人当他为集市上收税的，老远抽出香烟请抽，他也不客气，捏一支点了，另一支别在耳后，回家到炕上吞吐。

自从妞妞溺死后，傻子却有了极好的水性。有在河畔上玩水的孩子滑入水中，只要有人朝草房喊一声；"顺子，顺子，快出来救人，快，你死了么？”他就一个箭步冲出来跃入河中，不消一刻，他就会踩着水，一手拎着孩子上来。

他到处找他的妞妞，逢人便问。妞妞没找到，他愈加傻了。又在一个极寒的冬天，他的老爹辞世西去。他在生活上便没有了照顾，就蓬头垢面起来，成了名副其实的傻子了。有时在河滩见了病死的鸡，就拿回来，开膛破肚，乱吃一气，肮脏不堪了。

又在一个极热的七月天，村上的男人们大都在土炕上歇他们劳累了一个夏收的身子，拉起长长的鼾声；女人们则在河边的石板上揉搓着一盆盆花花绿绿的衣服，几个精着身子的小孩在河边浅水里扑腾，突然一声尖叫：“傻子，有人落水了……”傻子正睡在炕上，睁开眼，赤着脚蹦出去扑人河里。许久，小孩才露出水面，傻子却没上来，人们围住上了岸的孩子，这时傻子在水面露出头，呵呵地笑道：“真是一个好去处。”然后又没入水中，再也没上来。

孩子的爹过意不去，雇了许多人沿河打捞了三天三夜，也不见他的尸首。于是，人们又心安理得过自己的日子，男人们扛了犁，亲切地骂着牛去上地；女人们吼骂着猪鸡升起一缕炊烟。

三年后，河边那间草屋也仆然倒地了。现在的漆水河面没有了往日的水势，只是到了晚上，幽幽的河水溶了那一弯冷月，细细的河面上就隐约地飘来似哭似诉、呜咽如水鬼的箫声呢。

第二章

无根之城：浮躁的文明

人类将成为一个完全生活在城市内的物种——越来越多的乡村人口放弃自己得心应手的土地，浩浩荡荡涌进城市……

如此疲惫的城市人，就是因为缺少黑色对其心灵的安慰。如此憔悴的城市人，就是因为高楼耸立无法接触大地地气的滋养。

城市拾荒者

我很早就疯了，我就走在这座城市的街道上，在垃圾桶里翻捡着塑料瓶。

我每捡拾一个塑料瓶扔进手中的尼龙袋，心里便是一阵战栗，我都要意味深长地说一声再见——这群狗日的人，他们不知道，这塑料瓶子将被运往垃圾场，焚烧或者直接掩埋，土地要把它消化上万年。

这些瓶子，我固执地认为，在某一日会和人们再见——它们注定掩埋人类，所以我像哲人一样说再见。我经常自言自语：为啥不用其他瓶子，比如纸的陶的。

看城市的风景是我捎带的事情，我在一个回民街道边停下来。我看见一群人急匆匆地列队走，他们中的四个轻飘飘地抬着一个木盒子一样的东西，这木盒子没有盖子，只盖着一件床单，他们走得很局促很潦草，心不在焉，似乎急于完成一件事情。我敢断定那床单下躺着一个矮小的老妇人。街旁坐着的另外一群妇人，戴着白帕，表情复杂地看着这木盒子从身旁经过，她们眼中沁出浑浊的泪水浑浊地流在老脸上，她们甚至轻声吟诵着——她们暗暗丈量着自己的日子。

我经常有一个很恐怖的想法，我会将一个平躺的人联想成一个生命走到尽头的人，我觉得每个躺下的人其实都很弱小，撑不起一张床单。任何坟墓都是一个烦琐的故事，刨开你会发现你得用一生去读，因为他和你一样用了一生。

我的听觉是个秘密，这没有人发现。我能捕捉到任何细微的声音。我走在街道上，我的耳朵分明在捕捉临街一栋楼里的声音——一个女人给一个男人说，我真爱你我想给你当妈我要给你吃奶！这男人在进入的瞬间也动情地说我叫你妈我想把心掏出来给你。这一刻这些话都是真的，但是只是在这一刻。我朝垃圾袋里扔了一个瓶子，哲人一样思考：世界没有永恒的爱，何况它本来就是虚空的意念，像风一样摇摆。

城市越来越热，这狗日的城市。车越来越多，这狗日的。

这城市像一组艰涩的滑轮，吱吱呀呀缺少润滑，所有的车和人都很别扭，吱吱呀呀地缺少润滑。大部分人脸上都带着焦虑和疲惫，都燥燥的。一个拉土车撞倒了一个年轻人，这年轻人躲闪得不灵活，他就被撞了。

每个城市人走出家门时都不敢肯定今天城市里撞倒的不是自己。但是，只有我一个人知道这拉土车撞倒的是个天才，年轻的他在思考着一个很深的问题。但是反过来说，这城市不鼓励人思考深刻的问题，一个人长时间地把脑子用在一个地方，就像一把砍刀砍进树根里，一下子很难拔出来，所以，没有及时拔出来的他就被撞倒了。

我奢侈的时候我就会坐一趟公交车，我其实这样走在城市里确实不用坐公交车。公交车上放着一首怀旧的情歌，这曼妙的调子让车上躁躁的人暂时变得松弛、柔软，甚至虚弱。车上的人眼睛都看向车外，心却飘向很远的深处，每个人都有一个记忆深处软软的去处。这些记忆其实会无一例外地被时间磨光磨浅，也会被修改，记忆被修改人是不知道的。一个长发和长手指的女子，优雅地扶着把手，眼光很迷离很朦胧很遥远，让我心碎。我狠劲地捏响手中的塑料瓶。

城市是被毒气废气包裹着的，熏黑人的肺，诱发各种癌。

一个老人走到了生命尽头，在热烘烘的医院里他的身上透出巨大的寒气。他颤颤巍巍的手想尽量长时间地握住年轻护士的手，他呻吟着夸大自己的痛苦。其实这表明他还有一些温暖和生命力，如果他连年轻护士也失去兴趣和热情，他剩下的只有准备自己的棺木了。

这城市的人其实很可怜，我经常悲悯地想：污染最严重的其实不是城市的环境，而是我们的身体。我们吃食物里、呼吸的空气里、用的容器里充满毒素和防腐剂，各种有害化学成分以各种方式各种渠道侵入我们的身体，无论贵贱都无处逃避，只有我很安全地只吃土豆，这东西好，深埋在地下。

我捡满一尼龙袋塑料瓶，帅气地扛在肩上，站在一个楼顶西望。在夕阳下，我感觉自己很辉煌，像一位骑马巡视战场阴郁的将军，这重要感让我想哭……

这狗日的城市！

千篇一律的城市

西安，这座历史上被称作西京的地方，实际上在鼎盛的周秦汉唐后就开始被历史冷落，虽然它处于中国版图的正中央。从某种角度来说，这座都城是中国历史、华夏文明的酵母。辉煌后，中国政治舞台的重心开始向东转移。

和它相同命运的都城有东京（开封）和南京（金陵），西京此后的历史提及程度甚至不如金陵，虽然金陵在历史上从来也不是一个吉利的首都。

从宏观的视野来看西京，不得不提及影响这块土地之秉性的三大因素：土、风、河。这些黄土是通过风力，从遥远的西北方向吹来，经过亿万年的积累起来的，土质绵软细腻，它比其他地方更适合于用人类早期粗糙的木犁来耕种，于是这土质就决定了这片土地子民以后的农耕文化甚至他们“看天吃饭”的秉性。而这块土地不远的西北方，正是彪悍的游牧民族在踏踏驰骋。

在这片黄土层的上空，每年，来自西伯利亚的冷空气和来自东南部海洋的热空气准时相遇，变成雨雪润泽大地，其中的大部分汇入黄河，黄河在中国辽阔的版图上摆成一个巨大的“几”字形状，她被华夏儿女比喻为母亲河，她的中间部分把黄土层分割成面积大概相等的两块，并一路挟裹去了大量黄土——这使她成为全世界最沉重的一条河流，含沙量一度超过 70% 之多，难以想象。所以，在枯水期，与其说她是一条河流，不如说她是一条在中国宽阔平坦高原上艰难蠕动的泥石流，她步伐越来越无力和慵懒，泥沙随之沉淀堆积，河道悬出地面。来年丰水期河水就肆意流出河道祸害人畜。这与黄河的斗争从尧舜禹迄今一直未有停歇……于是，睿智的你会敏锐地发现，这块黄土上生衍的人民骨子里比中国任何地方的人都渴望水并惧怕着水，这是一种遗传的心理恐惧。

辉煌的它曾经是世界中心，它的繁荣和文明，它的开放、融合、包容程度所反映出的世界意识让世界瞠目结舌。但是，如今，这一切都像梦境一样不真实，刀戟、烟火、马蹄、阳光、风力……有意无意地破坏和盗掘，历代宫殿和民宅土木结构的特点使能留在我们眼前的地上古迹少之又少。中国的历史喜欢在浩繁的古籍史册里喋喋叙说，而不擅长于用坚挺、宏伟的建筑来纪念。这与同地位的古埃及、希腊、罗马对比形成遗憾，后者至少留下了大量撼人心魄的石质建筑和直观的艺术。

西京人一直引以为豪的城墙，只是在明清修修补补而保留下来的。其东西长约 2.6 公里，南北长 4.2 公里，呈长方形。整个城墙是用石灰、土和糯米汁混合砌成的。在 2004 年，跨度合计二百米的三个状似拱桥的城门将解放路与火车站广场连为一体，自此，西安城墙才好坏成为一体，全长 13.7 公里。自此，他们有足够的理由自诩这是世界上最大、最高、最完整的城墙。

在西京的西北角，还留存着汉长安城低矮城墙遗址，那就是两千年前汉朝的城池，也曾经是中国的政治经济文化中心，如今只剩下断壁残垣。

居住决定品位和圈子。自古以来，他们以在城墙里居住为荣，自以为是“城里人”。而这城墙，构成西京人的心理骄傲也形成他们的心理桎梏，方方正正，正南正北，中规中矩，不偏不斜，棋盘交错，他们大多骨子保守，依恋稳定，害怕动荡，抵触改革。

他们不屑于像河南人从小出外谋求发展，这其中很重要的一点是：他们一旦出去谋生，常常因为骨子里对黄土地的依恋和固执的饮食习惯而最终放弃前程，宽冉面条、油泼辣子、羊肉串、面糊糊拌汤对他们的胃时刻构成诱惑和召唤。我的一位同事，被单位派往东北沈阳工作两年，妻儿也随他而去，但是每年的几趟探亲假他照常回来，他说就是为了狠狠咥一碗案板街的柳巷面，每次他下了飞机即赶到面馆，超乎常人地要两大碗，在面上来之前，他已经用一片餐巾纸在桌子上细细地摊开，然后把剥好的大蒜放在上边，这时你会敏锐地发现，与他的对话已经明显心不在焉，他会时不时地扭过头去催要他的面，眼神流露出很难掩饰的焦躁和不安。这两大碗又硬又辣的面经常会使他胃疼，但是晚上他又会在回民街给你生龙活虎地打电话，说正在吃羊肉串喝啤酒哩。陕西人，或者说西安人，对面条的喜爱达到了一个生理的高度，以至于一个手机段子这样说：一个老陕出差归来，贤惠的妻子早早准备，见面第一句话就是边解衣服边说，你是先吃奶还是先吃面？

不夸张地说，西安是全国最拥挤的城市。官方的数字是，十平方公里的城池内容纳了近三百万人，而实际数量要比这要放大好几倍。拥挤只是公共资源严重捉襟见肘最直观的表现，其他方面的影响可能还要更隐蔽和迟缓一些，它对一个城市的报复可能在几年甚至十几年后才显现出来。

如今，作为旅游者的你来到西安，不难发现，这座城池给城市的发展带来可怕的限制，政府机关、企事业单位、学校、商场过量、固执地拥挤在城池之内，寸土寸金，实在无立锥之地才以城池为网点依依不舍地向外扩展。在城墙的南门外，大量市民在等着公交车，每一辆公交车到来，大家都蜂拥而上，剩下的更无望地等待着下一辆，直到很晚。民意通过媒体传达到决策层面，决策层更为为难，政府投入资金加密公交流量和密度不是难事，但是城内路面已经很是有限。城池内的几条主要大街时时在容纳挤挤挨挨的车辆人流，而城池里纵横交错的棋盘式的道路加重了堵塞，路面和高楼的下边已经被掏空建成停车场，一座座立交桥粗蛮急促地横亘在街道上——这座城市已经无暇谈及美感和古老的特点，每天像过盛大的节日，不得歇息，人声永远鼎沸，尘土永远飞扬，交通时刻会处于瘫痪。许多人心生哀怨，许多人选择步行上班。与城墙相依的护城河，也经常性地因为污染或者缺少流动或者缺少大的水量而成为臭河……

曾经西安市的一位政协主席，在全国政协会议上忧虑地提出西安的过度拥挤，他说西安城内人口的高密度已经使公共设施应接不暇，他建议国家机器用强有力的手段限制在城内盖过高的楼房，限制审批新的房产项目，党委政府机关尽快带头外迁，城市功能向外辐射，以缓解每日剧增的压力。

更为明显的是，各种商品和建筑以现代化的气质对城墙的古老形成冲击，甚至，在某一次全国性的糖酒会的前期宣传上，酒厂的黄色旌旗在城墙的女墙上飘摇，城墙中心的钟楼也被改造成一个粗糙拙劣的大酒瓶子。曾经有大量的人士以提案的名义警示相关部门高度重视对残留的文物古迹的抢救性保护，他们呐喊说文物遗址周围的环境也是文物的一部分。

为了解决这一切问题，西安市委、市政府试图搬往城北，西安也排除众议在修地铁，更拥挤的街道的施工护栏上写着“为了今后的通畅，请谅解暂时的不便”，“无车日”里官员和市民一起步行上班……

这一切与其说是抢救，不如说是无可奈何和顽固地缺乏远见。实际上，西安应该更决绝果敢一些，在最少十五年前彻底把“大部队”搬出城墙，把城墙之内规划成步行街，限制高度，保持特色，用一种超越城墙的大眼光在高处摆布和规划，这样，该发展的就卸掉桎梏，历史的得到保护。

历史给西安留下的也许有一点文化。文化毕竟是文化，它通过基因传给了后人，比如它全国独一无二的文学土壤，比如它自古至今对文学的崇拜对文人的爱戴，比如它萌生的路遥、陈忠实、贾平凹、高建群等一大批拿性命当儿戏的文学闯将。还比如，如今的陕西土话中仍然可发现大雅的痕迹：秦人说“谋乱”，实质就是谋略乱了，没有主意了。秦人说“颇烦”，意思是颇为烦恼。秦人说“窄狭”实际在说“狭窄”。秦人骂人也显得文雅，骂滚开叫“避！”，古时官员出巡时牌子上写着这字，让百姓避开的，或者骂“滚一岸子去！”

除此外，历史到底给西安留下什么？西安注定了要让参观者失望！历史古城已经与全国其他城市同质化，你在西安看到的所有东西都似曾相识，除过远离城墙的兵马俑和大雁塔。准确地说，它已经落寞成一处在商品和商业广告中艰难容身的四堵城墙，它不再炫炫赫赫，不再高大宏伟，不再以高高在上的优越感开放地吸收和吐纳，斑驳、逼仄和不自信，就像一位蜷缩在富家门口的老年乞丐。

而同样落寞的我们，只能在这座废都里，咀嚼着一些极雅极高古吉利的地名，比如太乙、朱雀、含元、太白、咸宁等词语，时不时地意淫在那远古的时代里……

城市的人

人类将成为一个完全生活在城市内的物种——越来越多的乡村人口放弃自己得心应手的土地，浩浩荡荡涌进城市，以无限靠近中心城市为标准。

城市的特点是——永远是捉襟见肘的，它的常态是东一榔头西一榔头地疲于应付。如果搭乘地铁或者公共汽车深入到城市的终点站，或潜入到城市深处最隐秘的角落，随处可以见到城市为了应付这一切进行的手忙脚乱的改变——忙碌拥挤，凌乱污染以及种种临时拼凑的建筑和措施。

你在中国的任何城市里走，发现它们一律是一个面孔，逼仄的高楼，拥挤的车流，浮躁涌动的人流，蓬勃的日夜不息的工地和见缝插针的各种使用期限的建筑……中国社会处处生气勃勃并充满活力、却没有让人心生向往的魅力。

在这一轮“中国热”中，中国被描绘成世界上最富潜力的市场，最大的生产基地，中国人像四十年前的日本人一样蜂拥到世界各地，拍照、购物、参观历史遗址．并且在自己感觉满意的景色中留影或刻下自己到此一游的名字，他们前赴后继，他们蓬勃自信，就像蝗虫。

但是他们确实缺少自信、宽容、雍雅、关怀的大国国民风范，或许正是缺乏这样的心态，我们会为美国校园枪击案的凶手是中国人的传言而感到羞愧万分，然后又为最终证实是韩国人而如释重负；正是缺乏这样的心态，他们会为中国人在华尔街上骑牛是否损害国家形象而争论不休；正是缺乏这样的心态，他们常常因为几位国际要人言论的“不友好”而愤怒不已，对其“友好”的话如痴如醉。

而企业，他们大方地赞助各种慈善机构和社会福利公益事业，真正的意图却在于能提升消费者对品牌的好感，获取更多的利润；他们用牵强的创意和策划浇灌自己的产品，制造出一个又一个的营销概念，却不真正用心关注、研究、提升产品本身的品质。

在城市的膨胀中，我们生活在新世界的中心，每个人都深陷于一直身不由己的奋斗中而不能自拔，从不敢谈及幸福。金钱与成功作为这个社会运转的主要润滑剂与兴奋剂已被过度使用和追求。这社会单一、功利的价值观，就是教人人都要做 CEO，就好像无论牛、羊、兔子，全要变成狮子。其实，只有狮子会成为狮子，其他动物只能被逼成疯子。

这个社会不倡导人静下心来成为某方面的专家或者大家，而是教唆人一出生就去竞争，去做千篇一律的城市人！

人们不敢沉潜下来做任何事情，害怕被太快的外面世间抛弃……城市的所谓精英们都走着同样的人生道路——求职、娶妻、生子、买房、买车、投资股票、关注家庭保险和理财、上各种继续再教育的课程、广结人脉乐于应酬，似懂非懂地学习着一些外语单词和商业词语。他们，被裹挟着，付出青春，迷失自己，平庸了自己曾有的天赋，深藏黯淡了自己的理想，耗费了自己的年轻，最后都变成了一群没有任何特点的城市人。

没有人后退一步，问自己：这难道就是我一生所需要的一切？在这个被营造出来的大的惯性中，每个人真正的需要被掩盖了，“需要”变成了“想要”，而“想要”的内容则来自与别人的盲目比赛，大家都想拥有得越多越好，越好越好，大家都像马拉松一样跑得气喘吁吁，劳累和压力远远超过需要，也超过了享受生命本身。

这文化不鼓励人们思考真正的大问题，而是吸引人们关注一大堆实例琐事，并且，潜移默化地灌输进去功利的观念——人们不屑于关注没有实际利益的事情，不会浪费时间学习给自己带不来利润和实惠的知识，他们很容易自动接受社会加诸制式观念及既定生活方式，这种制式的思想桎梏细碎到：怎样才算成功的人生，什么样子的生活是贵族的，什么样子的工作是好工作！

在这热闹而喧嚣，浮躁而势利的洪流中，一部分人稍有反思，但不容思考就被胁裹在这巨大的漩涡中，进不得进，出不得出，并且鼓噪着向前向前，你敏感的禀赋，你的理想主义，你骨子里的浪漫，迟早会被这快速旋转的社会打磨成平滑和平庸，然后你自己都会取笑以前的自己。

每个人被裹挟着，没有例外，所有人的生活都是从一个欲望走向另一个欲望。更无暇思考自己一生要走的路，思考生存的意义本身就是没有意义的，你只管朝前走，糊涂多了痛苦就少。这如同在城市的道路上，驾车人懵懵懂懂地随着大流而行，后面有人催，两侧有人夹裹，你的车像一片木屑在水流中载浮载沉，无可逃遁。

城市的树

城市里一般不长树，长到一定个头的树都是“外来户”。树是城市的客人，树要在别人家里度过一生，惊惊惶惶地很不习惯。

树最早的家在山坡上，在旷野里，在潺潺的河流边，呼吸新鲜的风沐浴温暖的阳光，脚下是实实在在的土壤，它们成群结队地长在一起，数目足够多时就成了林，迎风炫炫赫赫，随心所欲地站成任何姿势。而人类有了城市后，一些树将被迁移到城市，这些树将永远失去土地，厄运开始，不得不整日面对车水马龙。城市里的树永远比人少，它们是成不了林的，城市的森林是钢筋水泥的森林，树静默着看忙碌浮浅的人们表演。

城市一律是阳痿的，人类定期剪短疯长的草坪的草，砍掉张扬的树的主干，只象征性地留一些偏枝——人类的城市里讨厌一切有长势的东西，非得将其阉割，遏制住阳性，坚挺的只有钢筋水泥的楼房，冰冷势利地戳在空中。

一棵树在城市，注定一生将过得伤痕累累。在车水马龙的路边，磕磕碰碰是难免的事情，人们由于各种用途会在它们身上钉上钉子，绑上绳子，搭上梯子，贴上传单，挂上广告，冒失的司机瞌睡的司机会直接撞上去……树上有多少疤痕，便有多少次磨难，车撞凹了多少，树的痛就有多深。

树长在城市里，就一生都缺少水。城市是不蓄水的，一下雨，水找不到土壤，就汇集成灾，最多也是顺着下水道流走了。也就是说，城市的雨水再多，也与树无关；城市的雨水再多，这城市也干巴巴缺水。一座城市里缺少了水，就显得愣头愣脑的没有灵气，一座城市缺少了树，就显得冰冷干燥，火气很大。

“叶落归根”对城市的树来说当然也是一种奢望，水泥把树和土地隔开了，城市的树掉了叶子，也腐烂不到树根的泥土里，会被清扫干净，树和落叶就像可怜的母子，眼睁睁地就被分离了。

站在旷野的树，身后有靠山，脚下有沃土，风越摇撼树根越深，而城市里的树，因为水泥和钢筋的阻隔缺少了泥土，一有大风和大雨，树就踉踉跄跄站不稳，甚至连根拔起。被拔起根的树，你可以看到，它在城市不仅没靠山也没有多大的根基！

城市是流动的，城市里的树却是静默的。它们一般拘束地站在马路边，马路是一个城市的拉链，拉开合上，合上又拉开，树不由得就战战兢兢，因为马路一旦开挖拓宽，它们可能面临厄运——被移走或者直接被砍伐。

人挪活树挪死，树是最忠贞的，一旦被挪便可能死，你如果和一棵树交上朋友，它就会死死地在一个地方等你，除非它死。

功利急促的城市人，在碌碌的一生中，有没有闲暇定睛观望过一棵城市里的树？

城市名片

一天，清理书柜时无意间发现一个沉甸甸的塑料袋，抖掉尘灰，打开一看，里面全是花花绿绿的名片，足足一千多张，这些名片，是我十年前当记者时交换得来的。这也足可见我的勤奋，十年前我本在这座城市西边一所重点中学教授初三化学，因为讨厌教学工作的重复和乏味,于是应聘到一份新崛起的媒体当记者。

中国是一个身份社会和人情社会，所以在社会上行走的人，他们兜里得装一沓名片，写上你自己的一系列身份和职务，见面谦恭地递上，以便熟悉日后联络。职务写得一般很全面，正面写不下的便密密麻麻地写在名片背面，见了生人也不用详细地介绍自己，显得无比谦虚。我曾经看到最多的一张名片上写着密密麻麻二十多个职务，也看到许多简朴到只有一个名字的名片，而这些名片的主人都是职务显赫很有成就，我也看到最豪华的一张名片是金属上镀金，而讽刺的是这名片的主人却正在为企业的流动资金发愁。

新记者最初都是靠报社的热线提供线索，而我有一个原则，勤能补拙，嘴勤腿勤，我准备一个通讯本，要求自己每天认识五十个陌生人，无论职业职务年龄老幼，统统把详细联系方式记进这本子。这样，我认识的人脉圈子像一潭水纹，一圈一圈地扩大。当然，也收集了一大堆名片，这些名片的主人大多和我以后的生活产生过联系。他们大多成为我新闻中的主人公，有的成为我长期的线索提供者，有的成为我的好朋友，有的时隔多年后还打来电话寻求我的帮助。

我细细翻看这些名片，努力回忆这些名片的主人，一张名片是中央电视台的记者，我记得是2002年因为我做的一篇新闻，我和我报道的主人公一起被请到央视《实话实说》栏目接受崔永元的采访，而这位哥们负责接站，他名字很奇怪，叫林允钻，很热情很坦诚，年龄相仿的我们迅速建立了友谊。他最后全家移民新西兰，我们十年只见了一面，他从新西兰给我邮寄了几次奶粉，虽然不是贵重物品，但是装在一个纸箱子里，包装得很仔细，沉甸甸的，是他的一片深厚的心意。他几次打来国际长途，说每次回国都会想起在西安有个好哥们，他还说我是一个使人忘不掉的人。

还有一张名片，是一个高校的副教授，他退休后仍然满腔热情于公益事业，是当时的一个采访对象，一次他给我打来电话，说自己是白内障，能否通过我给联系“光明工程”给予免费治疗。数年后，我正在进行另外一个采访活动，碰到我他激动地抱住我，说眼睛现在很好，还能发挥余热，感谢对他的帮助……

我一直珍藏着一张十年前的塑料名片，他是省级党报的人事处处长，当时的我刚走出校门，初生牛犊不怕虎，提着一大包在大学的荣誉证书四处找报社，欲圆我的记者梦。相比一大摞名牌大学高才生的简历和推荐书和报社苛责的条件，我自惭形秽，而这处长毫不吝啬地称赞我的勤奋和悟性，鼓励我一定要坚持自己的梦想，这给了一个年轻人珍贵的自信，甚至影响到年轻人一生的走向。

我又发现省妇联一位年轻部长不同时期的两张名片，一张是普通名片大小，另外一张职务没有变化，字号却和名片同时缩小，只相当于以前名片的一半大小，这两张名片很有意思地反映她在几年的心态，她从年轻得意不谙世事逐渐变得低调了……

名片中更多的是政府官员，官场沉浮，大多已经物是人非。他们从最初的处长副处长都升任为局长厅长了，印象特别深的是一个药监系统的官员，我们和一群朋友在喧闹的歌厅唱歌，他们在另外一个包间，被我朋友邀请进来喝酒，准确地说，他是一位睿智、深邃的人，他在这喧闹的场合静静地谈人生，谈官场……然而，就在交换名片后的一周，我在我供职的媒体上看见他和其他七位副厅以上官员被双规了……

眼前的这问题是——这包名片确实成为我的心病，不知如何处理为好，扔掉吧怕泄露名片主人信息，放在书架吧又没有地方，一张张剪掉吧太多，很浪费时间。左思右想，我选择了烧掉。因为我又是喜欢简洁的人，没有用的东西就得马上处理掉。

但是下来的问题是：在什么地方烧？窄狭的城市里，家里不行，楼道不行，卫生间不行，楼下的公共场地也不行，我忽然记得小区的外边刚好有一个建筑工地，这工地轰轰隆隆了一整年时间，日夜不息，给我们的生活制造了巨大的噪音，慢慢崛起的高楼也遮挡了我们的阳光，我站在阳台，发现四周全是冰冷灰不溜秋的水泥建筑……我提着一塑料袋名片，拿了一叠废报纸，像一个鬼鬼祟祟的贼，刚一靠近工地的铁门，谁知里边就爆发出巨雷般的狂吠，工地的灰黄灯光将藏獒的黑影放大在铁门和旁边的楼群上，一跃一跃的，我故作镇定地回骂了几句，悻悻地走开了，像没有得逞的小偷。

我忽然想到小区相邻的一个公园有个垃圾台，我摸黑进去，刚下过雨，到处水水浆浆的，气味难闻。我先拿几张报纸铺在地上，哗啦一下倒出名片，又拿另外几张报纸作为引火，隔年的名片很潮，带来的报纸在雨后也一下子变得潮湿起来，总也点不燃，多亏我带了一小瓶抽油烟机上的废油，泼洒在上边，我为我的先见之明暗自得意，觉得自己是一个谋事长远的人。

我镇定地吧嗒吧嗒打着打火机，像一个内心藏着巨大秘密的地下工作者，有一种犯罪的兴奋感，很享受。夜已深，偶尔锻炼的老人不敢停留脚步，躲瘟疫一样悄悄走过。而我终于点着了报纸，潮湿的名片也不听话，压根烧不起焰，我拣来一根湿漉漉的棍子，把名片在火中支棱起来翻转焚烧，抽油烟机上的废油这时也吱吱作响，浓厚的烟便升腾起来，我要求自己要把每张名片上的信息要毁掉，却不顾烟熏火燎。这样的话自己眼泪鼻涕朝下流，时不时得擦拭一把，像一个伤心的人，要烧掉自己的情书。

“谁！？干啥的！？”一个巨大的黑影站在我面前，他手里拿着长的手电筒，他说话的声音嗡嗡地，极具震撼的作用。

我怯怯地站起来，有被现场抓到的尴尬，我诺诺着说烧点东西烧点东西……

还好，那堆东西已经自己开始燃烧。在黑夜中，在那个魁梧身影警觉地监视中，我裹了裹我的大衣，故作潇洒和无辜地走开。

身后，是我燃起的一堆潮湿之火，把一千多人的名字和职务统统吞噬掉，温温吞吞、窸窸窣窣、鬼鬼祟祟……

城市空气

呼吸是我们的权利！而城市空气质量问题如今却深深地引发我们的“呼吸担忧”。

2013 年 4 月 17 日，洛阳偃师市山化镇东屯村二百三十八头猪八十九条狗一夜毙命。经当地卫生、畜牧等部门专家初步认定，该事件已排除家畜死亡受 H7N9 禽流感感染因素，怀疑与附近化工厂排放出来的奇怪气体有关。

“一夜之间整个村的狗都已经快死完了，没有死的也已经是奄奄一息了！”大河报记者赶到现场时，在村口就看到几十条死狗堆放在路边，同时还有不少村民不断往路边扔死狗。一村民告诉记者说，“村里养猪场里养殖的猪也死了。”随后，东屯村多家养猪场的猪也出现大面积的死亡的情况，在其中的一家养猪场记者看到，七八十头猪，无一幸免，全部死亡。“我的养猪场三百多头猪死了将近二百头，还有一部分也是危在旦夕。”村民宋先生反映说，在宋先生的养猪场，记者发现不光是猪死了，就连老鼠也没能幸免。

今年年初的雾霭，犹如一个幽灵，北京出现了一年来最严重的雾霾天气，空气质量为“极重污染”或“危险”级别。有毒空气遮蔽了阳光，将能见度降至二百米。有的居民在呼吸后紧锁眉头；有的说空气中弥漫着烧轮胎、工业清洁剂和汽车尾气的味道；有的则抱怨空气中的污染物刺痛了眼睛。

环保专家说，导致空气质量下降的污染物有二氧化硫、二氧化氮、一氧化碳、可吸入颗粒物、臭氧等。在一些地区，尤其是大城市，工业生产、机动车尾气、建筑施工、冬季取暖烧煤等排放的有害物质难以扩散，导致空气质量显著下降。

机动车为城市的最主要污染源，其中私家小汽车占有相当大的比例；其次为工业源，主要为冶金、窑炉、化工、制造和电子工业等；其三为热力发电场。

统计发现，在全国七十四个监测城市中，有三十三个城市的部分检测站点检测数据空气质量达到了严重污染。城市各大医院里，呼吸内科、过敏源测试科等接诊人数在短短几天时间里飙升了七倍。

事实上，雾霾天气持续，空气质量下降，并不是今年的新现象。这几年，每到秋冬特别是入冬以后，我国中东部地区时不时会遭遇这样的情况，其中既有气象原因，主要却是污染排放原因。

大气污染对人体健康慢性毒害作用，主要表现为污染物质在低浓度、长时间连续作用于人体后，出现的患病率升高等现象。近年来中国城市居民肺癌发病率很高，其中最高的是上海市，城市居民呼吸系统疾病明显高于郊区。

这是长期影响的结果，是由于污染物长时间作用于肌体，损害体内遗传物质，引起突变，如果生殖细胞发生突变，使后代机体出现各种异常，称致畸作用；如果引起生物体细胞遗传物质和遗传信息发生突然改变作用，又称致突变作用；如果诱发成肿瘤的作用称致癌作用。由于长期接触环境中致癌因素而引起的肿瘤，称环境瘤。

无论科技如何发达，雾霾来袭的时候，人类总是情绪低落、惶恐不安。雾是水做的，霾是泥做的。雾霾其实是大自然对人的惩罚和报复。在今天，人类科技水平突飞猛进，但对付雾霾，还得依靠一场大风。

远去的黑色

一个大家忽略的事实是：城市越来越色彩斑斓，使得纯净的黑色越来越稀缺……

我们站在城市的高楼阳台上，在城市各种功能灯光的视角干扰里，在各种发动机沉闷工作的噪音中仰望星空，我们悲哀地发现，我们找不到纯净的黑色，看不见星星，也听不见天籁。

连我们看见的月亮也很陌生，没有记忆中的圆满和莹润，它干瘪而气色浮肿，像一位长期人生失意的中年男人的脸。

一位朋友感叹说好久没有看见过夕阳了，也无暇抬头看一眼月亮了。他和这座城市里的许多年轻人一样，为了房子和车子和生存的尊严，早出晚归，步履急促，无暇抬头寻找太阳或者月亮。他说多次他发誓今晚一定要看一眼月亮，但是，当他为了生活和所谓的事业在夜场打拼到深夜，步履蹒跚的他总是忘记抬头看一眼月亮。因为此时他的心充满阴霾，时时思虑着自己的小心思。

曾经很多次在夜晚从飞机上俯瞰地面，下边星星点点，各种色彩的灯光汇成一条蜿蜒的河流，这河流的上空全是白茫茫的一

片，纯净的黑色被污染成这种不清爽不纯粹混浊的色彩，像被一层肮脏、苍白雾气牢牢笼罩。再往下落，已经可以明显看出各种灯光成线型排列，同时增加的是地面喧嚣浮躁的气息。如果是在人类的重大节日，你可以看见一颗颗升腾起来的礼花，带着哨声和锋利，以强暴的态度和姿势撞击着空气和黑色的夜空。

黑色是一种没有颜色的颜色，它丰富而无穷，包罗万象，无所不有，应有尽有，囊括万物。玄秘深奥，包容宇宙的八卦图，不也是一白一黑互相追逐、首尾相连的鱼么。而白，辩证地说，它是黑的另一极端，黑之极即是白，且七色光互相对补即为白光，白光包含七彩，这就更说明了黑之丰富，黑之寓意无穷尽的道理。我爱黑颜色的高贵、深沉、丰富，讨厌任何色彩的浮浅与花哨。

我自小就对黑色偏爱，最喜欢传统国粹——水墨国画。深谙好画颜色少，红木家具不油漆，真美女不化妆的道理。下棋如执黑子，则心理得到暗示，汲取了能量，左右逢源，妙棋连招。小学上课时走神，也喜欢用墨水在白纸上涂一黑圈，看黑白交界处两种极端的泾渭分明，看黑白两色的互相咬噬和交融，便品出许多辩证的思想。我把黑圈当作黑夜，在这黑色统治的夜里我看见了里边有安详的红的烛光，红的火炉，一家家拥火娱乐的人。这样的游戏从小培养了我超常的想象力。

黑夜让我宁静，黑夜让大地休憩。我确实喜欢黑这种没有颜色的颜色，这种颜色让你沉稳和安宁，它就像母亲，在你人生的挫败中，默默地抚慰着你让你安静下来，提醒你在以后日子里慢些节奏，让你能静下来考虑生存的意义和走过的路。

一次深夜，我身心疲惫地回到故乡，这是怎样的故乡啊，她像母亲一样静静地坐在纯净的黑色里，心疼地看着我，村庄的树木和炊烟勾勒出她不甚明晰的轮廓，充满蓬勃的生气和静谧。我也在黑暗中如一个影子跌跌撞撞地爬进她的怀里，痛哭流涕，把我所有的委屈和不如意一股脑倾泻出来。而黑夜像无尽的海洋宽宏地接纳了这一切，不离不弃。

故乡在黑夜中很安静且神秘，世界似乎遗忘了她或者她遗忘了世界，偶尔有哕哕哕的狗叫声和牛咀嚼草的声音，灯火也不明，却很温暖。而我的父辈们，坐在灰暗的灯影里静静地抽烟或者喝酒，他们只有靠近油灯的一点是光亮的，像含蓄、厚重的油画，整个人却像镶嵌在无比巨大的黑暗中一样，他们一个个男人味十足，眼光沉稳而安详，他们享用着这个村庄的黑暗和各自安宁的一生。

荒芜简约的地方生产哲学，寒冷的地方人热情，黑夜长的地方人长寿。

如此疲惫的城市人，就是因为缺少黑色对其心灵的安慰；如此憔悴的城市人，就是因为高楼耸立无法接触大地地气的滋养。

这座城市中的几个好朋友，曾经在酒后，在深夜，冲动地逃离城市，站在秦岭深处无边无际的黑暗里，听潺潺的溪水和虫鸣。

而事实是，这世界不可挽回地越来越斑斓和喧嚣，黑色从城市渐褪渐远，只留下我惊惧地站在城市的光亮里……

城市的灾难

今日是西安市府发起的“无车日”，五年前我和报社同事商讨业务时曾建议，针对古城交通拥堵情况搞一个活动，倡议有车族尽量步行上班，少开一次车。当时，这想法遭到了同事善意的取笑。

那时西安的拥堵还没有严重到今天的程度，仅仅 5 年时间，车对城市人空间的挤压和侵占让所有人都惊恐地感觉到了——这世界，正如我预料得哪样，愈来愈糟！

一位朋友在博客中心有余悸地说自己最近不敢开车，因为连续两日看到了血淋淋的车祸，特惨。一起是高速路边，一辆大车挤翻了一辆轿车，翻下桥后两车再次撞击，近五米长的轿车只剩下了不到两米长……另外一起在城市，又是疯狂的拉土车，母女两人，车撞人后又从人身上开过去，人被撕扯碾压成片，身首分离……

另外一位文化人赵先生，三天遇到两件事故，第一次是塞车两小时，一辆车倒车蹭剐了他的车，按照惯例，不得不争吵解决；

第二次是和朋友在一家饭店吃饭，一辆车开出来剐蹭了他的车，他还没有吭声，人家来了几个小伙动手就打，双方都有人住进医院。如今，他有了严重的开车恐惧症，弃车不开。

这些个体故事的背景是：为了应对金融危机，国家短视地对小排量汽车进行政策优惠，急功近利带来的后患渐渐显示出来——这个城市的小车突破一百万辆。这些车蠕动在城市有限的道路上，占据在小区可怜的空地上，喷吐着烟雾，速度比步行还慢，道路建设永远捉襟见肘，道路扩建的结果是城市像摊煎饼一样失控地长大！古代人早就预料到了现代人目前的窘境：虽有舟御，无所乘之！

在中国的城市里堵车是家常便饭，只要有一处改造或者一处事故造成道路窄狭，就必然堵车，他们争先恐后，全然不让，都像去干一件顶要紧的事情。

人类是咎由自取的。“五十岁以上的广州人肺都是黑色的！”近日在广州举行的珠江三角洲大气污染防治高峰论坛上，七名国内顶级专家与会。中国工程院院士钟南山在论坛上指出，根据临床和手术统计数据显示，因吸入污染物过多，广州人一旦超过五十岁，肺部就变成了黑色。而目前，包括广州在内的珠三角地区，也面临着类似的污染问题。根据2006年的数据显示，以上地区仅仅是大气中氮氧化物的浓度，在此前的二十五年间就增长了三倍多。

何止广州人的肺是黑色的，这是目前中国城市的通病——复合型污染的直接后果，就是导致光化学污染和灰霾天增多，并对人体造成巨大的危害。美国洛杉矶在20世纪40年代出现光化学污染，导致数百人死亡，数千人住院治疗。

每个人每天要呼吸两万多次，人的肺部原本是有自我净化功能的，但统计数据发现，因大量污染物被吸入肺部，城市居民的肺脏已丧失了自我净化能力而遭到威胁，现在肺癌已成为城市的常见病。在灰霾天，呼吸科门诊量会增加一成半。而复合型污染的大气中的一些污染物，是诱发皮肤癌和肺癌的重要因素。

我们走过所有的城市，都能看到老年人在干巴巴的狭隘公园里、立交桥下呼吸灰尘很大的空气，做着简单地锻炼——挥着手臂或者用肩撞树。我们都能看到城市儿童100%铅超标。

政府急功近利拉动经济的做法将给城市埋下隐患，带来一系列社会问题，这些做法带来的危机远不止于此，政府急功近利的做法也远不止于此！

可怕的发明

塑料袋在人们生活中普遍存在，以至于我们不会停下来思考究竟使用了多少。

一个外国人保存了因购物而获得的塑料袋，十一周后，他们将所有的塑料袋聚集在一起，一个紧挨一起沿街铺开，二百二十个塑料袋。平均一周二十个塑料袋，一年后他们将拥有一千多个塑料袋，而一个塑料袋的分解时间需要四百年至一千年。

1950 年，加拿大温尼伯市的工程师哈利接到一项任务，当地市政府要求他想办法在机器收集垃圾的时候别让垃圾随意滚落。一开始他试图设计一种复杂的机器，结果一个朋友对他说：我只需要一个装垃圾的袋子。哈利突然意识到，这才是解决问题最简单的办法，很快，以具有很好成膜性的聚乙烯为原料制造的塑料垃圾袋就问世了——这个发明迅速走进人们的生活。

在英语里，塑料是个有感情色彩的形容词，暗指虚伪和欺骗。

在中国，那些在各行各业被广泛使用、随风飘扬的塑料制品被叫作“白色垃圾”，在爱尔兰则被称“巫婆的内裤”。

一次对西安市江村沟垃圾处理场的采访记忆犹新：一个巨大的天然沟壑被各种垃圾一层层填充,两层垃圾中间隔着一层黄土,垃圾车源源不断地从城市的各个角落而来,在这里发泄般地倾倒,垃圾车沿途渗漏的液体几十里外让人作呕，相关部门不得不定期清洗道路。沿途十几平方公里的村民常年呼吸着酸臭的空气，饭碗上永远赶不走绿头苍蝇，他们生理和心理都长时间受着影响，他们坚持不懈地给政府索要着补偿。在一层层垃圾上居住的工人忧虑地给记者说，虽然政府每年都要投入巨资在垃圾处理上，但是问题是：一是城市垃圾越来越多，垃圾场不堪负担；另外一个更严重的是这一层层的垃圾常年挤压、发酵后产生的渗透液，正在危及地下水；生活垃圾中的塑料袋不能焚烧将在垃圾层中保留几个世纪……一切迹象表明，随着城市人口日益增多，生活垃圾该如何处理已成为一个重大的问题，而这问题里面的核心是塑料制品。

中国每天买菜要用掉十亿个塑料袋，其他各种塑料袋的用量每天在二十亿个以上。我们在生活的时时刻刻都在利用着这轻便的塑料制品，它给你我生活带来方便。

2008 年，平均每天消费三十亿只塑料袋的中国开始认真审视经济发展带给环境的影响。从 6 月 1 日起，国务院办公厅下发通知：在全国范围内禁止生产、销售、使用厚度小于 0．025 毫米的塑料购物袋，并将实行塑料购物袋有偿使用制度。

在欧洲，我们发现市民都是用轻巧、时尚、美观的纸袋购物，在洛杉矶等城市，政府开始发起塑料袋回收活动，动员人们少用或不用塑料袋，并将用过的塑料袋放入专门的回收桶。非洲的坦桑尼亚、卢旺达、肯尼亚、乌干达也陆续禁止、限用塑料袋。有“香格里拉”之称的云南省迪庆藏族自治州从 2001 年起禁用塑料购物袋，成为我国大陆第一个禁用塑料购物袋的地区。

我们的许多制度看起来是那么的急功近利和捉襟见肘：为了节水就一次次涨价，经济学家说用价格的杠杆撬动节水意识，其实更长远的应该是培养市民的用水观念和节水意识吧；为了“禁塑”却有把负担转嫁到消费者身上，为何不统一要求超市使用提供一次性的纸袋子呢。

回观“禁塑令”颁布半年来的效果甚微，我们仍然在使用着塑料袋，但是我们越来越多的人开始思考它的替代品，更多的人开始怀念麻纸包牛肉的“纸包装时代”，更多的人在扔掉一个塑料袋时多了些内疚。

我们盼望政策的强硬，也希望人们尽快自觉！

我忽然想：对于哈利来说，他的这个发明到底应该如何评判。

第三章

眷怀：往事的回音

我愈来愈被某些东西提醒——我是终究离不开那个村庄的，我就像偶尔跑出村庄受惊的骡子，走得稍微远些，就会被拉紧缰绳。

我相信，忙忙碌碌的现代人，总有许多让其为之感动的事情，而这一切在梦中常常出现，凝重而缥缈，像没有颜色的老照片……

生命也仅仅是一呼一吸之间的事情，那么世事浮华还有什么放不开的呢？

父亲的房子

我攒了些钱，加上父亲的一些积蓄，在老家县城开发区为父亲买了一套三室两厅的房子，这个小区环境优雅，是那个地方最好的小区，住着许多退休后的市级领导干部。

父亲是一个农村小学的校长，而他一辈子的事业都与房子有关。

听母亲说，父亲成家以后几年，就搬出奶奶的大窑洞，决心为自己挖成一个单独的窑洞。这孔窑洞成为父亲传奇的开始，好胜心极强的他不用外人帮忙，白天教书，利用晚上时间和几个叔伯开始了这个浩大的工程。

窑洞分为两种，一种是在岩壁上直接挖凿的，比较省事，如陕北窑洞；一种却是直接从一块百十平方的黄土地上四四方方地挖下去，直到几十米深，然后在四壁凿出窑洞，在很远的地方凿出一个洞子供人出入，父亲的窑洞就属于后者。四孔窑洞耗时半年，被父亲用砖砌了窑面，四周栽了一圈杨树，成为村子里最结实最漂亮的窑洞，而二十五岁的父亲也由此在村子里树立了自己长久的威信，被村子里的老者和婆姨们长久地传颂。

父亲是一个豪爽、义气、争强好胜并且生活整洁的人，一生中对自己以及子女要求都很严格，他十二岁当兵，给当官的牵马，行伍出身的他生活异常整洁，我从没有从他的衣服上发现过一点油渍，我从没有看见过他像其他人一样在土炕上拥被而坐懒散酌形象，甚至在最冷的冬天，他也最多是坐在火炉边，腰杆很挺直。

在我二十年前的记忆里，每到收麦子的时候，父亲的眼睛都急红了，原因是邻居家都是四五个精壮小伙子，而我家却全部是女孩，并且地特别多，有二十几亩，收、割、碾、晒，好强的父亲都要抢人一步，从不落后，并且活路必须做得很精到，不能被别人笑话。为此，我与姐姐们没少挨骂，特别是我，每当收完麦子，我就像度过大劫，因为在二十多天的日子里我每天都要挨骂甚至挨打。我童年的伙伴们总是很习惯于我被父亲追赶着狼狈地跑过村庄……

等家里的条件逐渐好转后，父亲开始筹划着自己的第二步造房计划，其实，雄心勃勃的他已经准备了好几年，窑洞周围那些杨树已经长成碗口粗了，他将其砍掉了一部分做房屋的椽，用另外一部分换了许多砖瓦，至于工匠和人力，父亲以他的威望和人品奠定了基础，准备盖房子的消息传出去后，村子里立即来了上百个劳力。耗时一个月，父亲终于盖起了三间土木结构的厦房，使自己的儿女们彻底走出了窑洞。

准确地说，我在考上大学前，没有机会也没有胆量和父亲进行过正面的交谈，考上大学后成长起来的我一改少年的不争气，逐渐成为父亲的骄傲。在此期间，好胜的父亲又省吃俭用地在兰间土房的周围盖了七间平板房，他的理由是，别人家都盖了！而这段时间，随着姐姐们相继考学和工作，家里的境况越来越好，种的地也越来越少。

近几年，最让我难过地是——我越来越悲哀地感到父亲的衰老，他已经不像以前一样活力四射，眼光灼灼地盯着我干活，桀骜不驯地训斥我、打骂我，在与儿子相处的不长的时间里，他总是默默地和我坐在一起，神态之中充满了满足和安详。有一次，是冬天，围坐在红彤彤的火炉旁，父亲竟然递给我一支烟，让我受宠若惊，双手接过来后不知滋味地全部抽完。

父亲的衰老就是从他退休以后开始的，他的迅速衰老让做儿女的万分伤心和感慨，我们多么希望永远看到一个活力四射、暴跳如雷的父亲呀，哪怕天天被他训斥喝骂。

唉，父亲被四姐接到县城后就远离了土地和他的村庄，失去了与他打麻将的老伙计，失去了他在村庄里常年积蓄的威信和尊严，整日很落寞地坐在姐姐租赁的房屋里，看着电视和报纸，在上面寻找着他引以为豪的儿子的名字。或者怯怯地溜达在一个污染严重的小县城的街道上，因为这里毕竟不是他的村庄。

我对父亲永怀敬畏之心，他的严厉让我度过了一个极其苛刻的童年时代，使我遗传和继承了他身上许多好的气质和禀赋，从小摈弃了一些软弱的东西，比同龄人更体会到生活的不易。

父亲的房子是在一个新的开发区，远离城市，没有永远的喧嚣和川流不息的车辆，并且，不远的地方有果园、村庄，甚至能焕发父亲活力的田地……

（此文写于父亲离开他的村庄的第二年，亦是 2001 年）

母亲的愤怒

那时候，母亲每天八点准时下楼参加锻炼，她们先是练半个小时扇子舞，然后就在广场里练习演唱革命歌曲。

老年合唱团大概二十多人，年龄组成五十多岁到七十多岁不等。来源也不同，有的是西安附近的土著，买了小区的房子，有的是投奔子女的，子女在西安工作，她们来照看子女孙子，前者举手投足间透着强势和优越，后者从生活了一辈子的村庄来到这高楼上,处处不习惯。有意思的是,老人的群体里也有一些小的“政治斗争”，这个合唱团的组织者是一位满头白发的老太太Z阿姨，个子不高，但是因为退休前做过干部吧，处处也摆出一副领导的姿态和语气，喜欢说话管事喜欢出风头，热心的她虽然给大家张罗了不少事情，但是却得不到大家的认可，缺乏威严和威信。

这一天母亲准时拎着东西下楼锻炼去了，过了不到十分钟又回来了。一问，她说今天不想练了想歇歇。过了几天和母亲锻炼的一位老太太告诉我真相是：这天早晨，从农村来的J阿姨因为送孙子上学迟到了几分钟，合唱团的组织者Z阿姨就口无遮拦地说 J 阿姨是农民习性难改。站在旁边的母亲一听就生气了，直接问 Z 阿姨：“农民咋了，农民咋了，没有农民你吃啥喝啥？你往上数三代你也是农民！”说完这话，母亲扭头就走。Z 阿姨被问得张口结舌，其他阿姨一片叫好。但是母亲却是真生气了，自此再也不参加合唱团的集体活动。而那些老人，平时对 Z 阿姨早就不满，所以都纷纷数落她说话不妥。最后，有口无心的 Z 阿姨来到家里找母亲道歉了两次，母亲看她确实有诚意，才又参加了集体活动。

母亲生活在城市中很是孤单，这也是让我一直不能心安的事情。我相信城市中有许多像我一样的人，为了生活和别人认为的价值打拼、经营，其实忘记了根本。

父亲去世后，母亲和我生活在一起，这三年多来我想法设法丰富她的生活，愉悦她的心情。但是如何好的物质都排遣不了她内心的孤独，这是我深深感受到的，于是我只能抽出更多的时间陪她喝茶聊天。我曾带着她去参加过朋友的聚会，带过她去参观过朋友的展览，但是，更多的时间，她不得不一人留守在家里，孤单地度过一天。

我鼓励她多交一些小区的老年朋友，希望她把她的朋友们请到家里来，打麻将，喝茶，看喜欢的电视剧，甚至说和她们交往时大方一些，要经常性地把自家的好东西送给她们一些，这样使得关系更融洽。但是她很少把她们领回家。

母亲是一位达观、智慧的大女人，她对世事的洞察和气魄，她对钱财豁达的态度，超过任何一位从那个村庄走出的女人。母亲以前是乡镇的妇女干部，曾经管过村子的储蓄贷款，小时候记得家里总是人来人往，这些窘困的人絮絮叨叨、凄凄凉凉，半天不走，而母亲从不嫌弃，总是根据他们境况的紧迫松缓程度贷给一小笔贷款，让其去看病或者买一头小猪，母亲是他们的恩人和神。母亲以她的善良、豁达、乐施好善在村庄赢得好名声和尊敬，街上逢集，她走在街道两边，所有人都老远站起来和她打招呼，亲热地喊叫着“老王”。

母亲是一位能透过复杂表象发现事情本质的人，她用农村邻里关系打比方，经常用简单的一句话，指出新闻联播中专家讨论来讨论去的复杂的国际形势，一语中的。钓鱼岛问题，专家们讨论了半天，母亲一语道破玄机：“这是日本寻事呢，美国也不是好货，站在中间看笑声，两边煽惑呢。”对于媒体曝光的越来越多未成年人犯罪现象和儿童普遍体质趋弱现象，她说：“哪都是剖腹产惹的祸，不走寻常路咋能长成正常人嘛！”

她用农村哲理“葱越掐越少，话越掐越多”来说人的本性，她用“人前防口，人后防心”来告诫子女好好做人谨慎处世。

她说“种豆得豆，种瓜得瓜，啥杆杆发啥牙牙，啥蔓蔓结啥瓜”来说明遗传的主要。她还说“人长成什么样子都是自己修的，一个人前半辈子长成什么样子是遗传的，后半辈子却变化了，心底良善的人会越长越慈眉善目，堂堂仪表，心底龌龊的人会越长越难看”。

一个老人，在年迈时生活在拥挤的城市里，呼吸着受污染的空气，实在是一件无奈的事情。

母亲内心其实也很忌讳许多东西，今年母亲过生日那天，她买菜时专门买了几个大仙桃摆在茶几上，红艳红艳的煞是好看，并且那天她坚决不吃任何药。这天我接到两个电话，一个是医生朋友提醒我最近天热得异常，要让母亲一定多喝水；另一位是社会上的朋友冒着酷暑，大老远给母亲买了按摩器，叮嘱每天晚上洗脚后按摩半小时，这让我多少欣慰了许多……

一位年迈的母亲，到底在享谁的福?

这是好友王新江半年前提出的一个哲理问题。这天，他打来电话，他说他喝了酒在深夜散步，醍醐灌顶地忽然想通了这个问题。他的答案是：每位母亲其实都在享自己的福，并非享我们作为子女的福。她生养了儿女，用她的品质培养了他（她），影响了他（她），抚养了什么样的子女就跟着这样的子女享福或者受罪，所谓“自作自受”，也就是说，她正在享她用一辈子积攒起的福气和人生果实呢。

秋日访友

朋友正华老家所在的村庄在县城北十几公里处的一个黄土原坡上，离县城虽然不远，但却偏僻，这块似乎被遗忘的村落叫柏树坡。正华在市政府上班，身为一个正科级公务员，还经常骑摩托回家帮助家人干一些农活，他是一个顾家的人。

这是一个很明媚的日子，秋高气爽，我带母亲开着车从县城北上，渐渐告别了喧嚣，便见路边是连片的苹果树。红的苹果挂满枝头，叶子落了一部分，果实沉沉地坠向地面，而在大片田地的地畔子上，是一棵高大的柿子树，铁一样黑色的枝丫上擎举着红彤彤的柿子，秋天擅长于省略，这样显得满树都是果实。阳光很灿烂，土金黄，天碧蓝，静谧寂寥。

朋友正华和我是大学的同学，当时在榜上看见和他考上同一所大学，便暗暗记住了名字。临开学时，从未出过远门的我想与他结伴而行却苦于不认识他，便一人坐上去陕南的火车，心惴惴的。一下火车，大学的学长们热情地在火车站接新生，这时一个身材壮硕的同学猛推我一把，结结巴巴地说：你就是……我认识你！这莽撞的同学就是正华，过后我知道他这样莽撞地问我其实是鼓足了勇气的，他是一个内向的人，却又一副热心肠。也就从他推我那一把开始，整整大学四年，我们两个形影不离，包括遇到许多次危险和考验。

进学校后，我们就遭遇了陕南连绵四十多天的阴雨，从未离开过家乡的我们很不适应，再加上浓浓的乡愁，都很忧郁。我们甚至买了一瓶白酒，坐在校园旱莲树下的石凳子上，看一眼偶尔探出头的阴郁的月亮，用瓶盖你一杯我一杯地傻喝。因为潮湿，我们还一起去水淋淋的街道买了棕垫、竹子做的书架。

我在化学系，他在生物系。宿舍都在3楼，高大的他喜欢拳击，吃过饭后在宿舍里砰砰地击打练习，鼓鼓的脸上油津津的，当时他很依赖我，除过练习拳击一有空就跑来宿舍找我，默默地坐在我的床铺上，甚至饶有趣味地看我洗脚。

每学期临近放假，便是我们的快乐时光，他负责给我们买火车票，包括在火车上挤座位，体格健壮的他能从火车窗口灵敏地钻进去，飞快地用身上的衣服占几个座位，然后气喘吁吁地等我们上车。而他经常是把座位让给其他体弱的男女同学，自己长时间地站在过道上……在大学的寒暑假里，我们的友谊忍受不了太长的分别，我去过他家几次，白天一起去地里摘了西瓜在邻村子卖，晚上一起睡在他家的土炕上，絮絮叨叨，吱吱呀呀，半夜不睡。

那天正华电话上说一定要在村口接我。黄土高原上的路像一把瘦藤条一样网在坡原上，老远看见一辆摩托车飞快地驶过来，屁股后边欢快地冒着一串土，远看像一根燃着的导火索。他兴奋地坐在摩托上，不停加着油门，脸还是鼓鼓的，油津津的。听母亲说，正华从大学毕业后长达一年时间在家里等待分配，其间受尽煎熬，曾用自行车带了两个竹笼在县城卖苹果，老远瞅见熟人就低头避而不见。最后，市上公开招考公务员，他一考即中，成为市府一部门的科员。

我们分手已经 9 年了，我多少次下定决心去找他，但都被琐事打扰。我们几个大学时的好友——向东、超峰、军喜、振华也曾信誓旦旦约定见面时日,但是却大都失约了——我们这个年龄，生活是多么地急功近利和窘迫啊。而这次，我是下决心要见见这些好朋友的。

在秋天灿烂纯净的阳光中，村庄静谧，农人安泰。村庄总共也就二十几户人，有厦房有窑洞，宽展随意，围墙多为黄粘土夯打而成，厚重斑驳，房前屋后广植树木，郁郁葱葱。偶尔见一个邻居在晒麦场里用楗枷捶打着黑豆，黑豆唰唰飞溅如蚂蚱。

正华家是一个安静的小院子，院子里搭着几根木椽，上边挂满了黄灿灿的玉米棒子。他的母亲是一个聪慧勤劳的农村女人，有很好的口才，在村子也享有好口碑。她麻利地一会功夫就做好了一锅苞谷面搅团，没有臊子，正华飞快地骑上摩托，去自家地里拔了几根新鲜的葱。这时，他的父亲从地里回来了，提着满满一笼软柿子，他话不多，只是固执地把柿子给我们装了满满一袋子。

吃罢搅团，和正华坐在院子喝茶，很惬意。这时，他的儿子和我的儿子已经熟稔，在院墙根挖土玩耍，他们不知道，他们的父辈，正沉浸在那些不返的激情岁月里……

玉米酒

在这个社会里，人们总是在听到币与币相碰发出的迷人声响时才会露出由衷的笑容，谁有空来听你唠叨。但是，我相信，忙忙碌碌的现代人，总有许多让其为之感动的事情，而这一切在梦中常常出现，凝重而缥缈，像没有颜色的老照片，让心灵在这喧嚣的闹市中再次获得安宁。所以，我不妨唠叨一回。

那一年，我即将毕业，好友邀我离开汉中前一定要去他家一次，他是学院的学生会主席，我是他的副手。在开往西乡的火车上，窗外红亮、新鲜的樱桃挂满枝头，青山、绿水，绿得像绸缎一样的水。车每停下，窗外就有朴实的山民们把樱桃一袋袋装了卖，便宜得让人吃惊。车在莽莽的秦巴山区里穿行了好长时间，把我们抛在一个山坳里，我与友步行上山，这时就有成群的狗远远地跟上来狂吠，有几次狗们竟扑过来，我们只好拣起一根木棒边走边吆喝。友说：山里的人家里必养狗，这些狗对主人绝对忠诚，见生人就穷追不舍……

穿过一座大山，人迹渐少，偶尔有妇女在山涧里濯衣，一律一身青衣，头上有髻，系有红绳，颇有远古的味道。山泉沿路淙淙而流，清可见底，小蛇颇多，一路上计有十余条，以极快的速度从脚下蹿过，惊险异常。友说这种蛇是壁虎与蛇杂交而生，很常见，不伤人。行二三时后，渐有人烟。山里人一年也不出山，见人也稀罕，有人路过，便齐齐出来围观，有蓬头袒乳的女人倚树梳头，目光惊异好奇。又前行半小时，粗木蔽日，道路崎岖，友说人是不能享福的，以前他曾从这里背负一袋化肥一口气扛回家中。他还感慨万分地说自己上高中时，一天回家带干粮，返校时天下大雪，自己在这里一滑，下落几十米，母亲给拾掇的熏肉、干粮却滚落深谷，无法寻觅。那一天，他暗自发誓要走出这大山。

遥见一山头处竹林茂密，有狗吠鸡鸣，友说到了。友忽然就拉长嗓子对着山头的一片玉米地喊：妈——娘哎！无人应答，却见远处玉米地一阵晃动，一低矮妇女背负一捆柴禾逶迤而来。

进屋坐定，母亲无多余废话客套，粗瓷碗泡茶，却是上好的毛尖绿茶，都是自家地里产的。三间房屋间间相通，光线不明，中间一屋挖有火塘，青烟缭绕，常年不熄。房梁上挂有熏肉，用木棍击打，声哐哐如石。锅台有两个，一个做饭，一个给猪煮食。狗也不生疏，在膝间穿来穿去，依稀可见有众多跳蚤在地上蹦跳，身上便奇痒不已。

晚饭很隆重，一大碗熏肉，一大碗鸡肉，一大碗炒胡豆。四人围坐，友很快地去坛里舀自家酿的玉米酒，纯正的玉米酒温在火塘里，香味四溢，他的父母话不多，却固执地劝酒，不喝不行。

在灼灼的煤油灯下，乡音淳朴、低亢，熏肉红艳透明，这时屋外有狗吠，声音空洞、遥远……

第二天一早，出门望天，碧蓝纯净，山间有云气缭绕，空气潮湿清凉。朋友的父亲吆喝着牛去犁水田，我们就将田间坡上的青草割下来抛进水田作为肥料。他家方网三十里唯一的女邻居在我们劳作时一直在对面山坡上观看，过了好长时间，见我们回望，就不好意思地把身子隐在一丛竹子里。这日我们上山采摘了木耳，捡拾了林中已干枯的木材。夜深时围坐在火塘边，用木棍挑拨火苗，抽低劣的纸烟，唠唠叨叨至深夜，却知道了在人烟稀少的山里也有不平的事和作威作福的村干部。这夜有猫头鹰鸣叫，声音低沉恐怖，像一个久病的老人在咳嗽，床上有跳蚤蹦跳有声，折腾到深夜也难以入睡。长谈中又知朋友有两兄一妹，兄在外打工三年未归，妹被人贩卖到河南，音信全无。唏嘘感叹一番，感伤袭上心头。

临走那天，朋友忙前忙后收拾东西，母亲一声不吭，给我们一人装一袋硕大的木耳，一块熏肉。父亲提刀出门，片刻又宰杀一鸡，拔毛去肚，塞进我们的书包。临别时再无客套的话语。

时光时快时缓，转眼各奔东西，好友招聘到石家庄一所重点中学任教，已经干到学校的中层领导，最后又听说辞职去新疆了——我一直认为他是能成事的，他是一个爱折腾，有能量的人。

为了生活，我们都曾迷茫地行走在不同的繁华街道上……朋友啊朋友，你可记得我们相处的时日和豪言壮语，还能否记得那勤劳朴实的父母，那火塘，那熏肉，热酒……

阴历年

时间总是让人敬畏。2008 年的阴历年将在几天后到来。

如今，我在北京，离家千万里。坐在被诩为国际 CBD 的万达广场十六楼的大窗前思绪万千，故乡连续十余天的降雪，据说有气象史以来最大的一场降雪，五十年之最。而我的窗前阳光明媚，风却很干很硬，广场下的人都缩着头，匆匆地跑过。在寒冷下，所有人都抛弃了矜持和风度，衣帽臃肿如同样在黄土高原上匆匆跑过的我的邻居。

冬天总是适合于总结和怀旧。在脚步匆匆、琐碎紧迫的世俗生活中，我们总是无暇回忆……

我的故乡实际上就是渭北黄土高原臃臃肿肿褶皱中的一个小村庄，在另一篇关于故乡的文章中，我将其描述成一个被遗忘的一粒羊屎蛋，冰冷而没有生气。在我的记忆中，关于过年的快乐记忆都与阴沉的天气有关，好像这样才有年的味道。在阴郁的冬季，我们穿着臃肿的棉衣，袖着手，放炮或者踢石头玩，口里呼出白气，天沉着，远远地响起沉闷、湿润的炮仗声音。

最值得满足的是：在农历年关的那几天，我的父亲会对我比平日宽容些，不会对我动辄叱骂。因为农村里迷信的说法是，这几天的和顺预示着来年的和顺啊。

父亲十二岁当兵，背着枪给当官的牵马，长枪比他还高。然后他被调到省高级人民法院文秘，又函授了蒲城师范学校，一米八的个头，英俊飒爽，又练得一手好毛笔字，在当时实属少见的人才，如果没有后来的离开应该有和很好的仕途。他二十岁时，爷和奶相隔百天老去，家里弟兄姐妹惶恐没有主张，父亲就辞职回到家乡主持家事，之后在农村学校任教四十年。

母亲三十六岁生下我，在我之前是五个姐姐。可以想象，父亲和母亲一生是多么疲惫的一生。当教师的父亲用他微薄的工资养育着他的子女，还要耕种二十三亩地。耕种、收割、碾打、晾晒，争强好胜的父亲在所有事情上都不想被邻居取笑，以前的夏天动辄是雷雨天，正是艳阳高照的时候忽然就飘来漫天乌云，晾晒的麦子得很快地聚拢收回家里，不然会被大雨冲走或者打湿。所以，童年给我留下印象最多的是狼狈的劳作和父亲的叱骂责备——这也养成我固执倔强的秉性和对人对事的苛刻要求。我的五个姐姐都很懂事干活很利索，而我小时候身体很单薄，腿细如麻秆且笔直，经常被姐姐们取笑说可以跳芭蕾，干活时也没有技巧，有姐姐们的反衬我越发被父亲视为无用。十岁时我与父亲一人一辆自行车驮着一袋麦子去三里外的粮站交粮，因为没有力气，稍微一不留意自行车头就会翘起来歪倒，免不了被父亲责骂了一路，印象很深。

十二岁时，一些技巧性的劳作我已经能很好地操作，比如犁地、耙地、借风扬场、用像渔网一样的删麦杆子收割麦子，值得炫耀的是借风扬场和使用删麦杆子，这两样活路看重的是技巧而不是气力，麦子被碾下来后需要借风将麦粒和麦壳分离开，夏天的记忆中往往闷热得没有一丝风，我就和父亲在碾麦子的土场上铺席睡觉，待到半夜，凉风习习，父亲就起来叫醒我。我拿着木锨将麦子在空中扬起，这个过程体现技术，要将麦子均匀地在空中撒开，如一道彩虹。洒的太开则麦子会洒得到处都是，洒不开又把麦壳吹不掉，而父亲会蹲在地上拿一把扫把轻拂去落下来的麦壳。用删麦杆子收割麦子则是更讲究的一件事，这杆子像一个渔网固定在一个“7”形的木头上，上半部装着锋利的刀刃，操作者一手执柄，一手用绳子牵引刀刃一边，收割时如舞蹈。但是讲究身体的配合和节奏，右手推，左手拉绳子，割下的麦子顺势放在身体左侧。这两项侧重技巧性的劳动让我赢得父亲的信任，也稍微赢得自信。如今，在我的身上已经很难看出任何在农村高强度劳作过的痕迹。但是，我的左手，因为小时候割草时镰刀磕到了一块石头，一次性留下四个伤疤。当时我举起手，看旖旎的血顺着手指像蚯蚓一样爬蜒……

我在童年时确实命运多舛，我一直内疚我的多次磨难给母亲造成了多大的心理折磨。五岁时我与三姐去放水的大渠洗衣服，一辆自行车在乡村土路上将我重重撞倒，可恨的自行车从我左腿上压过，自行车和一个大人、一个小孩加上一口袋麦子的重量直接弄断了我的腿。我惊慌失措地爬起来跛着腿，明显感觉左腿的骨头茬子一开一合，三姐一把抓住自行车抱住车主人的腿。随后赶来的母亲满脸焦黄，步伐踉跄，很大的汗滴随着脸颊流下——这一幕至今时时出现在脑海中。此后，我左腿绑着竹夹板在土炕上坐了一年之久。六岁时，母亲是乡上的计生干部，正为公家的事情忙得不可开交，我由长我两岁的五姐照看，她带着我在田地吃了很甜的蒲公英茎干，又偷食了村东人家未成熟的杏子。结果是我得了中毒性痢疾，而五姐没有任何事情，因为她总是舍不得多吃而偏向我。随后我两天两夜躺在乡镇医院的床上抢救，用手电筒照眼睛瞳孔已经没有反应。医院里药品奇缺，几天之内几个小孩都因为中毒性痢疾死掉，被席子卷了后直接扔在山沟里。幸运的是，院长发动全医院的医生在仓库中寻找“药王”——一种白色粉末药品中的红色药丸，象征药的精华和生命力。这唯一的红色药丸拯救了我的生命,并且让我对生命和白衣护士永怀感恩。第三次磨难发生于一次集体中毒，那年我在县城上重点中学，在学校隔壁的县教育局机关灶上吃饭，做饭的师傅对我很好，经常偷偷给我多打一勺子菜，一天我已经吃得很饱，他又悄悄给我打了一勺子白菜，那年雨水少而这白菜上农药残留过多，下午在灶上吃饭的人全部上吐下泻，我吃得最多中毒最重。第四次是上高三时，断断续续一个月一直感冒，实在忍受不住到医院一查，结果让医生大吃一惊，出血热危险期！医生说如果一针下去还尿不出来生命就宣告完结。结果是打了一针“速尿”后我连着尿了两大烧杯。此后的两个月，我每天的尿量被绘制成曲线图，起起伏伏，其重要性与我的生命联系在一起。

在我的生命中不得不说我的五个姐姐，她们明事理、识大体，个个贤惠美丽，她们是家乡的道德楷模和榜样。大姐是教师，性格内敛，仪表端庄，最懂得忍让和顾全大局，一生勤勤恳恳，年年被评选为县上的优秀教师。二姐性格刚烈，记得她小时候给牛剁草时砍断了半截子手指，手指在院子里蹦来蹦去。她一声都没有哭，捡起手指自己包扎，被父母多年感慨。三姐从小最好强，且聪明好学，小小年纪时就与众不同，最后成为国家公务员。我小时候和她戏弄在她腿上咬了一口，让我一直很内疚。性格变化最大的是四姐，她读书期间性格内向、腼腆，走人社会后却性格外向开朗，比较能做生意。她做服装生意时不会辨识鞋子是不是真牛皮的，办涂料厂子时不懂涂料的配方和名称。但是这不影响她的生意的红红火火。她的善良和耐心以及在大事上的清晰果断，让她生意很顺利昌隆。我感激她的是我读书期间每逢寒暑假，她都有意识地把我带到他们做生意地方，让我开阔了不少眼界，了解了社会。五姐聪明好强，心性高傲，漂亮泼辣，学过秦腔戏，会武术，能在空间连续打鹞子翻身和旋风脚。如今却收敛心性，相夫教子。

大学毕业后，我被学校推荐到西安一所省重点中学任教，第二年时难以忍受教学工作的重复，遂坚决辞职。如今，我干着一份自己喜欢的工作，付出了汗水，收获了事业的荣耀，收获了在这座城市生活的自信和尊严。

而立之年的我，如今静静地坐在很远的地方的高楼上，在阴历年所提示的新旧交接中想起童年，思绪万千……

碎 舅

舅在渭北高原的一面冰冷土坑上躺了整整一年。去年此时，他还能靠在被子上说话，现在，他只能躺着用一根塑料管子喝水。

舅舅在同父异母的弟兄中排行最小，所以我叫他碎舅，碎在我们那里是小的意思。他天性胆小内敛，话极少，对姊妹兄弟情谊深重却不善于表达，总是默默地付出不图回报。由于和母亲是亲生的，他对母亲从小照顾，也由于我是他唯一的外甥，他对我的好胜过他的子女。寡言的他让赶集的人给我大老远捎西瓜吃；他架架着孩童的我在镇上看电视，我的帽子被人拥挤掉了，我大哭，他满身满脸黄土地趴在地上，分开一条条人腿硬给我寻回来。

母亲回去一回，说你舅不行了，整天呻唤着受罪，倒不如走了算了。她说她走时舅又哭了，用被子埋着头啜泣，脸扭曲着。一个一生只去过三回省城的内向的男人，在病魔面前那样的无助和惶恐，我似乎能切肤地感受到。

我从省城的一个大医院请了一个教授，我们驱车百里在高原凛冽的风中赶往舅身边。教授看了舅所有的 CT 片，又细细查看了身体，教授轻松地笑着说恢复得很好，气色也不错。他越这样说我越沉重，我知道舅舅得的可能是大病。临走时，教授才给表哥说，真是得的瞎瞎病，长期的胆结石引起的癌，已经扩散了……

我走时，舅又哭了，他的脸扭曲着像笑。他用不太听使唤的手一次次揉干着眼泪。我一个好友曾经告诉我，与老人分别时是不能哭的，哭了不吉祥。但是我的眼睛瞬间也模糊了，强忍住眼泪，而舅对我的好一幕幕闪现出来。

教授一路上给我宽心说：你已经尽了晚辈的孝心和力气，有些东西不要太强求呀。我矛盾地给表哥打电话说：一、我们也不要完全相信教授的诊断；二、不能放弃救治的希望，我们希望奇迹出现在自己亲人身上；三、暂时不要太多的人知道消息，以免对治疗产生反作用；最后一点，该准备的你得悄悄准备……

2008 年的感觉在我的生命里是灰色的——无法言说，很极端，歇斯底里。无论是国家层面的大事件还是市井小人物的个人感受，用我的话形容，这一年就是一个生理和心理都在更年期的女人，怪异、绝望、暴戾、毫无理由也毫无希望，她在摔杯子、在摔靠垫、在撕扯自己的头发……她散发出一股走向腐败的绝望的气息。

在这一年里，我改变了许多体味了许多。我写了三篇亲人得病的文章，这文章里流露出对生的珍惜对命的无奈。我的其他文章也莫名其妙地经常流露出忧郁，这与我以前的阳光豪放形成对比。这一年里，我常常感到自己很累，不爱交往，早早地躺在床上，贪婪地睡去。

还好，贼头鼠脑的鼠年所剩不多。我今天清理了 2008 年的垃圾筐。

2009 年，我默默地给神说：

还给我热情和激情，让我蓬勃走动，像以前一样满身阳光！

补记：此文写于 2008 年腊月。文章中提到的舅，已于 2009 年大年初一中午去世，他与病魔和寒冷终于抗争到 2009 年的第一天。我初四回到舅家，在高原的寒冷中为舅守丧，初六深夜返回城市，又开始我无奈的生活。

超 度

他缓缓坐起，稍做停顿，身子便后仰着飘飞起来，衣服是黑色绸缎，迎风剥剥低响。直到飞过地面，他才直起身体抖顺了袍子，地藏王菩萨右手擎举一天珠在前招引，天珠熠熠闪耀，光芒一放一聚，照亮天路。他们一前一后，晃晃悠悠，一路唱吟，扶摇而上。如此行走大约三个时辰，天庭石质台阶在云中若隐若现，在一宫殿处报到后他被领到今后的住处——一个幽静的古色古香的院子，有憨厚的仆人急急领了他进去四处参观，有马厩有书房有花园，他在书房里四处摩挲观看，最后坐进檀木圈椅，手扶椅背又露出平日那副知足喜悦的表情……

当我的大脑呈现以上关照联想的情景时，我和妻在莲花寺里已经跪拜了三个小时。这天是入夏来最闷热的一天，我们早已浑身湿透，膝盖肿疼。这是一个冗长隆重的法事，有来自几个寺庙的九个僧人联合起来做这个仪式。香烟袅绕中，他们敲着乐器，唱和着经文，而我们要不停地磕头作揖，在这一点上我很感谢妻子，被一位信佛的朋友张罗着为我父亲做这个法事，这一天，父亲已经去世了十天，而我在老家已经给他办完丧事。

事情过去几个月后，我才有力气来回忆。

5月9日，被确诊为癌症晚期的父亲出院，此时他还不知情。这次住院本来是胆管取石的小手术，即将出院时却查出来大病，无异于晴天霹雳，我奔走了古城最权威的医院和最权威的教授，最后商议的最佳结果是决定保守治疗，为了吉利，朋友专门开来大红色的沃尔沃接他出院，我们期待奇迹在他身上发生。但是，他出院到去世只有短短的十天时间！

父亲一米八的个头，英俊飒爽，又练得一手好毛笔字，在当时是实属少见的人才。他二十岁时，爷和奶相隔百天老逝，家里弟兄姐妹惶恐没有主张，父亲就辞职回到家乡主持家事，之后在农村学校低调任教四十年，教养我们姐弟六人，在乡村留下好名声。

我紧紧握住他的手，怕他的生命溜走。他疲惫地闭着眼睛，嘴巴张着喘气，病魔正在吞噬他的威仪和强悍，在稍微有力气时他会用极其微弱的声音逼问我，这次病，狗日的怎么这么重？他每这样问一次，我都很难过，我恨自己的无用，恨生命的无常和残酷。不敢回望，我不知道自己是怎样挺过了那些日子……

他最后已经没有意识，走得很平静很干净，没有任何记挂和忧心，坦坦荡荡大大方方地走了，甚至没有留下一句话，也不给我托梦，似乎对现状很满意很甘心——这符合他的性格。他最放心不下的是四姐，每当四姐走到他旁边握住他的手，我发现他即使在几乎没有意识的状态下，手都会紧握一下……

我希望是一场梦，梦醒后我和他握手，相互开着玩笑，庆祝是一场梦从而更加珍惜，但是却不是梦。亲眼看着他的生命逝去，我擦干眼泪硬挺着站起来——后边还有许多事情要做。我给他买了最好最厚的柏木棺材，姐夫们给他挑选了风水最好最贵的墓地，搭了高大的灵篷，乐队、鼓手、钢炮仪仗齐全。我们希望多花钱给他送行，尽量隆重和尽善尽美，扯平内心的遗憾。但是，这对于父亲又有什么用呢。我看着跌足痛哭的姐姐们，阵阵难过——我们都成了可怜的没大的娃了！

朋友们从天津从北京从四面八方而来，和我一样叩着响头流着眼泪焚香，给父亲戴孝扶棺，浩浩荡荡。

劳累对悲伤是一种干扰。办完丧事回到西安，看到空落落大了许多的房子，看到父亲写在墙上的书法（他本来说好给姐姐们一人写一幅字的，宣纸买了一大捆），看到桌上父亲抽剩的半盒烟，我又忍不住流泪了。心中惶恐、自责、遗憾、寂寞、无助，听到门口钥匙响，希望是父亲扭开门，威严地站在门口望着我。我在他房间他平时躺的位置睡了三天，我真愿意这样昏昏沉沉地睡去。

我不知道，在生命的最后他是否感觉到了病情，我不敢想象他是怎样一种心情面对死亡，在面对死亡这件事上，他实际充满恐惧，表现得一直没有母亲达观。我总是认为失去亲人是件很遥远的事情，我不愿接受也不愿想这件事情，我躲避它忌讳它，但是这怪兽却冰冷地逼近，猛咬了我一口。

我发现自己现在其实比少年期更需要一位父亲的指导，他在我少年期所有的指导都是简单而粗暴的，但在事实上确实框正了我人生的走向，直到令他满意。我希望他能继续呵斥我指点我，他的突然失去，对我其实就是抽掉了精神大厦的椽檩，我看山不是山看水不是水。我的成长我的拼搏，我的得意和失意，我将给谁去说。父亲，我需要你的点拨，需要你毫不掩饰对我的得意，需要你在细察我疲惫时豪爽地打开酒瓶说：一起喝一点吧。

我知道他不愿意看到我颓废的样子，我知道他在远远的位置一直注视着我。我鼓励自己更加阳光更加积极地生活，但是，我无法排遣对他的思念。几次，我一个人在空落落的房间里不可抑制地大声哭了起来，泪流满面……

一天清早，妻给我说她梦见父亲昨天回来了，坐在客厅沙发看他平时喜欢的世界拳王争霸赛现场直播。妻看他蓄了胡子，穿着大概是明朝的官服，更具威仪。妻问：爸，在那边是啥年代啊？他像往常一样，边看电视边心不在焉地说：万历年间嘛。

（此文写于父亲去世后的百天，2009 年 8 月 23 日）

烧 纸

昨天阴历十月初一，是“烧衣节”，也叫“鬼节”。

这也是进入冬天的第一天，此后气候渐渐寒冷。怕在冥间的祖先灵魂缺衣少穿，人们在这一天都要把冥衣焚化给祖先，并且还会捎带着烧掉一些纸钱，他们认为冥间和阳间一样，有钱好生活些。

吃过晚饭，母亲给我三叠纸钱和纸衣说，给你爷你奶你运贤哥分开烧。我拖延到10点多才磨磨蹭蹭出门，我说烧晚些清静。因为我下班的时候已经看见这座城市的十字路口早有了一堆堆的灰烬和蹲在路上的人，他们口中念念有词，用木棍挑拨着火。还有人胳膊下夹着纸衣到处寻找空地——我感叹城市的资源越来越紧缺，幼儿园爆满、小区车位爆满、公交车爆满、医院爆满、商场爆满……到处都是车喇叭声音和挖掘机的轰响，到处都是手上脖子上戴着廉价首饰的蓬勃的人流，城市像笨婆娘摊煎饼一样越摊越大。

我最近一直感觉自己很累，不喜欢人群，下班后总喜欢早早回到家，甚至喜欢干一些家务，这与以前的我大不一样，以前总是和同事或者好朋友们在一起喝酒到很晚才回来。我感觉这是人心态慢慢变老的迹象。

我最近一直在琢磨一个词“又穷又胖”，我觉得这是一个好词。在经验里穷是和寒、酸、贫等词眼联系在一起的。穷胖联系在一起，是一种尴尬的状态。穷胖除包涵虚胖的所有意义以外，还有更深的一层意思——一种假象，一种难以言说的无奈，一种无力改变的颓败趋势。念叨这个词的时候，我的眼前就会出现一个中年男子，脸很臃肿很苦相，泛着暗黄色的颜色和一种黏糊不清爽的气息——他无可奈何地被裹挟着在他的生命中朝前走。

一个男人活到三十多岁，在众人的眼光中他的人生以及事业刚刚起步，甚至前景更光明些，但是，在这个男人内心的深处，他好像早已预见了自己的未来图景。他对自己孜孜追求的一些东西忽然觉得乏味，真的，生命也仅仅是一呼一吸之间的事情，那么世事浮华还有什么放不开的呢？他不再年轻不再意气风发，他变得胆小忧虑，他看着自己的父亲和自己的儿子感到莫名的忧虑。

我夹着这一沓纸衣领着儿子去烧，儿子看见一堆堆的火光很兴奋，在影影绰绰中我觉得这情景很熟悉——以前是父亲领着我，而现在是我领着儿子。我忧虑地看着儿子，刚满四岁的他让我常常忧虑，他胆小，身体不结实，手脚不麻利，缺乏毅力，没有争强好胜的性格，好在他很聪明，表达能力有天赋。

这些纸衣实际上很简单，像小学生稚嫩的手工作品，我烧给我没有见过面的爷爷和奶奶，我烧给运贤哥——他是我的姐夫，河南人，我考上大学后他就和姐姐住我家照顾我的父母，他聪敏能干，为人低调，孝敬，十几年来从来没有和父母红过脸。他和我超过一般姐夫和小舅子的关系，我们其实更像兄弟。我们一起在田地里快乐地干活一起唱流行歌。他最后查出肝癌，已经晚期。我沉睡了三天。

我看见一堆堆纸衣的灰烬被圈起来，有的旁边还用粉笔写着名字或“姥姥”等称呼。我找了一个木棍，在水泥路面上面了三个圈，不甚清晰，我很无奈。

我看见一个瘦瘦苍白的中年人蹲在路沿上狼吞虎咽地吃着塑料袋中的东西，旁边还放着另一个塑料袋，他明显在这冬天的第一天深夜里瑟瑟发抖。我忽然感到他很亲切很熟悉，我觉得我应该和他说点什么。我走过去，摸出一支烟递过去，我说：正吃呢？他说：噢！他瞅了我一眼，接过烟夹在耳后继续扒拉他的饭。

我拉着儿子的手朝回走，背后是一堆堆正在燃烧的纸衣，两个影子就在路两边高楼的墙壁上一跳一跳，忽长忽短的。

（此文写于困顿、迷茫的 2008 年，文中晦暗的心理好像敏感地预见了 2009 年面临的两件丧事）

返 乡

我愈来愈被某些东西提醒——我是终究离不开那个村庄的，我就像偶尔跑出村庄受惊的骡子，走得稍微远些，就会被拉紧缰绳。父亲今年去世后，我忽然变得非常依恋那个村庄，时时想回到它的怀抱之中寻觅记忆，而在此之前，我已在城市中打拼得有滋有味，几乎要忘记它了。

我回到县城母亲独守着那套房子，父亲的离去，我不知道在她心里造成多大的空白和凄凉。在生活的琐琐碎碎中忽然没有了父亲的身影，母亲是怎样独自消磨着岁月。

母亲是一位达观、智慧的大女人，她对世事的洞察和气魄，她对钱财豁达的态度，超过任何一位从那个村庄走出的女人。今年对母亲来说是个灾难年，接连失去了哥哥和丈夫，坚强的母亲一点眼泪都没有掉，她像一个悲壮的舵手，坚强达观地平稳着整个家族的颠簸。

母亲以前是乡镇的妇女干部，曾经管过村子的储蓄贷款，小时候记得家里总是人来人往，这些窘困的人絮絮叨叨、凄凄凉凉，半天不走，而母亲从不嫌弃，总是根据他们境况的紧迫松缓程度贷给一小笔贷款，让其去看病或者买一头小猪，母亲是他们的恩人和神。母亲以她的善良、豁达、乐施好善在村庄赢得好名声和尊敬，街上逢集，她走在街道两边，所有人都老远站起来和她打招呼，亲热地喊叫着“老王”。

她在村庄有许多好朋友，东头婆是其一。东头婆命苦，早年丧夫，寡妇抓娃拉扯三个小伙长大，受尽邻居欺负，母亲不嫌弃，待她如姐妹。这次东头婆知道父亲去世母亲孤寂，便从村庄出来看望母亲来了，很少出门的她雇了一个出租车，大包小包地给母亲拿来了绿豆、花椒、辣椒、苞谷糁。她见了我很激动，拉着我的手唏嘘感叹说：“娃呀，都老了！胡子这么长了”。她说她整夜梦见和母亲抱在一起哭呢，她每说一句话都要以“我娃恓惶地！”作为后缀。

我和母亲开车送东头婆从县城返回村庄，抽空我硬是塞给东头婆钱，我希望她能生活得好，每年我都能和母亲回来看望她。

乡村道路现在已经被硬化，田地里的庄稼，成片的苹果树，站在地畔子上黑色的柿子树从车窗掠过，记忆被唤醒——在某一块田地上，我和父亲一起挥汗收割过；在某一条路上，我曾经被一辆自行车撞倒并碾断了腿；在某一片老林子里，我们儿时伙伴偷过人家的桃子……

村人的田地集中在村东头，这是一片广袤、连片的地，如今被栽植了苹果树。记忆中，那年全村人正准备收割，却连着下了七七四十九天连阴雨，麦穗被雨水泡黑泡软，直接在麦穗上又长出了麦苗。黑锅一样的天穹下，村子里的人，忧郁地来到这片田地的地畔边，看着这一大片发黑发芽的麦子哀叹。他们勉强把这些出了芽子的麦穗割回去，在土炕上烙干，揉下麦芽，这麦粒磨成的面发黏发甜，吃了胃发酸。

这一天让人惊奇的是，车行至我腿被碾断的那段路时，三十年前碾断我腿的杨姓男人又一次在这里与我相遇。

三十年前，他骑一辆加重的飞鸽牌自行车，后边驮着一口袋麦子，前边梁上坐着他的胖小子，他在我后边打铃，我向左闪他向左冲，我向右闪他向右躲，最后还是撞倒了我，车极快地从我左腿碾过去然后刹住，倒在路旁的麦地里。我爬起来提起左腿跳跃着哭，我能感觉到骨头碴在肉里一开一合。三姐边哭边抓住他的车梁，哭喊声引来大人，然后我的腿夹着竹板在土炕上恢复了一年时间。三十年后，令人惊奇的是，我们在同一地点相遇，这地点我认得很准，旁边是村里的砖瓦窑。如今，他骑着一辆摩托，满头白发，和我擦身而过。冥冥之中的安排，三十年后的邂逅，物非人老，让人感叹！

再往村子深处走，看见了我家的老窑洞和厦房，这曾煊赫的厦房变得低矮斑驳，落寞冷清，而窑背上的那个曾经充满神秘的芦苇壕，已经失去了郁郁葱葱，变得很浅薄，一眼就看穿了。有一户的土墙上用粉笔写着“夜梦不祥，写在西墙，阳光一照，化为吉祥”，字迹尚可辨认。

以前在村子里炫炫赫赫生活的能人們，同樣蹲在村口，臉色黯淡灰黃，頭髮牙齒已經稀疏，動作言笑猥瑣，一如他們的父輩。

高建群圖

因为人们搬到村外统一规划的地方盖房屋，曾经留下我童年快乐和烦恼记忆的村子现在已经变成空城，一孔孔窑洞被推土机推平变成田地，村子里被诩为神树的百年大槐树，也因为失去窑洞沟壑的反衬矮小了许多，被土深深地拥埋，气势全无。

在这大槐树的附近，以前是村子的一个涝池，渭北旱原的村子一般都有一个这样的涝池，雨水旺时全村旮旮旯旯的水都汇聚在这里，天旱时村里人在这里洗衣服让牛饮水。

我曾经在这里遭遇到一次危险——那是一个夏日的午后，日头很毒，村道上找不到一个人，我提了老笼寻伙伴给猪去割草，伙伴还没有吃饭让我等。我闲来无事寻摸到涝池边，一个人脱光衣服溜下水。这时，村子几个小伙拉了一架子车从老房子拆下来的旧木料过来，朝涝池里扔，说要清洗上边的泥垢。我抱了一根椽在水中游，发现这椽把我一点点往深水中撵——我抱着它一使劲它就骨碌翻转一下向涝池中心漂去，慌了神的我赶紧用脚一探底，水哗的一下埋了我的头。惊慌呼救的我就在这时被灌了几口浑浊的涝池水，我被呛晕了，岸上的人毫不觉察，落在水底的我无处施力，大脑瞬间却很清晰地想到电视剧《霍元甲》中有霍元甲从水中抱一个石头走上岸的镜头，于是我沉着下来，让身体缓缓落到涝池底，紧贴地面，用指甲硬是扣着涝池底的泥走到浅处。成功自救的我光着屁股坐在阳光灿烂的涝池岸边，看着一池子发绿发臭的脏水呕吐不止……而如今，这涝池已被填平，变成平展展的一块地。

我敏感地感觉到村子少了以前的生气，我再也找不到在南墙下晒太阳的一群群老人，找不见成群在大场里生龙活虎对打的少年，而以前在村子里炫炫赫赫生活的能人们，如今也落寞地蹲在村口，脸色黯淡灰黄，头发牙齿已经稀疏，动作言笑猥琐，一如他们的父辈。

村庄啊，我曾经的家园，为何变得这么陌生?

天地寂寥

——一个父亲一样的人走了……

知道他的时日可能不多，但是所有人都不愿接受这个事实。

他的离去，给这喧嚣社会瞬间造成了巨大的全国性震动，同时也带来了巨大的空旷与寂寥……29日，这个城市当天气温逐渐升高，但我还是感觉到了一种透骨的冷。七年前，也是这个节气里，七十三岁的父亲也离开了，在后边张罗后事的半个月里，我紧紧裹着一件厚衣服，就感受到这种冷。这种冷，在后来世俗热闹生活的冲淡下，消减了，悄悄地匿藏在了一个人身体的深处。

祭奠灵堂一处设在建国路陕西省作协大院，另外一处在复聪路2号高教公寓。 我和西大屈健兄一大早拟好挽联“大塬弥不轻语，藉百年风云酿成万世白鹿。先生亦有柔骨，拼一生真爱长留二字忠实”，约了袁秋香、王宜振老师、许令东兄，在省作协他的灵堂前，我们献花，鞠躬，我最后又单独磕头。我重重地磕头，像给已经离开的父亲那样真诚。看到他的照片中的眼神，泪喷涌而出……

我相信我和其他众多的文学晚辈一样，都得到过先生无私的提携呵护——这是他对文学除《白鹿原》之外的另一种贡献。我在中学时就是先生的崇拜者，但是因为距离和机缘，只是远远地观望和崇敬。

直到2005年第一次接触，2005年是中国人民抗日战争暨世界反法西斯战争胜利六十周年，当时我负责华商报的时政要闻部，策划在某个公园修建西安的抗战纪念墙及一系列抗战记忆的读者活动。在可行性研讨会上，请来先生和古城的一些名仕大家座谈。先生衣着朴素，一派关中农民打扮，白色衬衣的口袋装着一包卷烟，拽得上衣不平整。脸上沟壑沧桑，眼光却凌厉，发言时一口纯正陕西方言，语调铿锵，表达准确、坚定、有力，特别是慷慨激昂的爱国情怀给所有人留下深刻的回忆，他的气质就像我一直崇拜和敬畏的父亲，耿直、宽厚、豁达、正大，浑身散发着男人大气磅礴的魅力和气场。

散会后，他和所有人握手，温暖、有力，他和所有人合影，有求必应，连在大厅执勤的保安他也一视同仁。第二次是我带记者去采访，约在他在石油大学的房子里，正在创作的他打开房门，热情中有些疲惫，房间简朴，几乎没有装修，家具也简单至极，书籍和报纸堆放随意，他穿着当今很少见的暗红色绒裤接受采访，不拘小节，大家风范。

采访完后我们一再邀请吃饭，他指着客厅的铁炉子说：我就爱吃面，等会自己下面片呀。他还答应给我题写书房名称《蕙园》。

约两周后，我就接到杨主任的电话通知，说书房名已经写好，激动的我赶到建国路省作协院子，拿到一个装有书法的信封，信封上用铅笔写着“华商报 邢主任”字样，还有我的电话号码——可能是他便于杨主任联系我的。

再后来，在各种场合的会议中，总能见到先生，握手时他会用纯正的陕西方言唤出你的名字，温暖、亲近、有力，如遥遥关注着你的父亲。

2011年时，先生给我的新闻策划类书籍《大策划》题写书名，等书出来，连同散文集《泼烦》一并送去。时隔不久，又惊喜地接到先生电话，他又通过杨主任给我辗转送来两幅珍贵的墨宝“文心莹澈清如水，剑气峥嵘半倚天”“既随物以宛转，亦与心而徘徊”，权当分别对两本书的点评鼓励。

再后来，机缘巧合，我和先生的公子陈海力一起赴西藏采访半个月，途中免不了多次表达先生对我的提携之情，后来我们成为挚友。从海力那里了解到，先生事务繁忙，但是一直在关注着我的业务创作，曾在海力处多次问询。前几年《觅渡》《超度》出版时，先生短信发来推荐语：这是一个人对渐逝乡村的怀念与悲悯，对浮躁城市的思索与低吟。书获奖后他在报刊看到消息，发来祝贺的短信，让我不安，让我更加努力自强。

先生满脸沟壑，可他胸藏丘壑，先生一身布衣，可他大气磅礴，波澜壮阔，他对陕西文学艺术的繁荣发展和整体推进的呕心沥血，他是在以自身的创作高度和人格、人品高度，塑造了一座如秦岭的巨峰，平地而起，横亘东西，纵横数千里，给人依赖，给后人瞻仰、膜拜……

先生远去，天地顿时寂寥异常！塬上曾经有白鹿，人间自此无忠实。先生作文做人，亦是一面镜子，古城从文者当时时鉴照、自省、自正，摒弃浮名小利，远离团伙帮派，从先生身上汲取精神能量，图大事，谋大事……

《白鹿原》铺棺做枕，先生且休息！

丙申年五月二日

凌晨于蕙园

（本文为作者祭奠陈忠实先生作古的文章，曾发表于《光明日报》，有删节。）

红柯是一种生于山巅的植物

他目不斜视，他一路迅跑，他是一心追赶太阳夸父式的人物，因可恶的心脏病，他奔跑的步伐定格于2018年农历大年初九。他想跑得更高更远，他也有力气跑得更高更远，他正处于文学事业和个体精力的旺盛期，在整个社会都期待他再登上更大的高峰时，他却突然没有任何征兆地猝然倒地了！

2月24日凌晨三时，红柯突发冠心病离世。2月23日晚11时，热心的他还微信给我咨询一同事小孩上学的事。短短四个小时后，他就与我们阴阳两隔了。他的突然离世，是一个让人难以接受的噩耗，是他亲人们的不幸，是他朋友们的不幸，也是陕西文学和中国文学的不幸。他的突然离世，震惊了中国文坛，这位浪漫歌者雄沉的歌声戛然而止，他非凡的才华并未完全呈现——这成为铁一般的事实和遗憾！

戊戌狗年伊始，年届五十六岁的陕西作家红柯在家中回溯自己三十多年来写下的文字：十二个长篇、三十五个中篇、一百多个短篇，三百多篇散文，总计八百余万字。没想到，这成为他对自己文学生涯的最后一次总结。

我和红柯的交往只有五年时间，却惺惺相惜，十天半月都要聚一次。通过我，红柯又认识了我更多的朋友，他们互相吸引，也都成了最好的朋友，比如牛迈程、孙留伟、杨卫国、王新彦、李梦华诸位。红柯之殇给他们带来巨大的悲痛和惋惜，去祭奠时他们都流下难抑的泪水。著名书法家牛迈程在微信中说：

“这两天我心神不安，痛苦不堪，不知道该做什么，作为红柯最好的朋友，我们都要节哀，都要保重身体，都要更加互相珍惜。具备获茅盾文学奖实力的伟大作家红柯，大家都舍不得他走，许多优秀的作品还没有写出来，老天不公……”

当晚，牛迈程再去吊唁时，遇到省委常委、宣传部长庄长兴和贾平凹陪同中国作协的几位主要领导前去祭奠。

事实是，红柯对身体一直很重视，他坚持每天锻炼。从中学时起就喜欢慢跑，冷水浴。上大学时，他三九天站在水房，一桶冷水从头而下，身上就起一层白雾。“我写出最好作品的时候，也是我身体最好的时候。”他不厌其烦地教给我饭后打坐的功法，教我多搓脸，多咽唾液等保健知识，教我看书时尽量盘腿打坐。他鼓励我说：文学是一生的事业，有好身体才能出元气淋漓的好作品。作家到最后拼的就是身体和寿命，身体不好，力量不行，格局不行，没有见过大场面，写东西是散的，撑不起来的。

对于我繁忙的工作和烦冗应酬，他像兄长一样语重心长地说：兄弟，干大事心要狠呢，男人不狠，万事不成。男人嘛，要对自己狠。我当初写长篇时，不要手机，三伏天把自己关在学校宿舍里汗流浃背地写，有朋友打不通电话，来到家里找我，你嫂子挡在门口说人不在，出差去了，啥时回来还不知道。其实我就在房子里边，正噤了声，埋头写东西呢。没有办法嘛，要干成事情就得抵抗住这些诱惑嘛。真正的朋友他们都能理解。

我的长篇纪实文学《居山 活法》在中国作协召开研讨会，他的新书《太阳深处的火焰》面世，他一腔豪情壮志说自己还有几张“大王”还没打出来。他给我敲警钟说：一个作家出来一部作品是不行的。就像农村人说的——挖东西要连䦆挖，一䦆头下去，再连着挖四五䦆，才有影响呐。

他说当过兵的作家都厉害得很，因为他们打过仗，有战机意识，有阵地意识，有必胜的意志。遇到好选题和机会，就不惜代价地去拼阵地，咱没有当过兵，但是这气势这魄力要汲取呢。

红柯家里最多的是书。十多年来，红柯一直居住在明德门陕西师范大学的家属住宅中，俭朴的房子里几乎不见装修，客厅四个三门大书柜均已塞满，书柜旁边的地板上也堆满了书，书房里的书更多，只有一张书桌和一把椅子的容身之地。这些书大半是文学作品，还有大量历史、地理、民族、艺术、哲学等类别的书。去世前一天，还在旧书摊掏了一大包书。多年前的大学时期，一个清贫的农村大学生不可能从家里获得多大资助，每月的生活费压缩到临界点，挤出的菜票卖给同学，假期的生活费可以买一捆书，毕业时购书达千册十五箱。院子里的邻居不认识他，却经常见他手提两大袋书籍资料进进出出，或者踽踽独行，满脸思虑，眼里装满很多心事似的。他置身人群，其实许多时候深陷于自己构建的王国和自己的内心。聚会时红柯通常不喝酒，说血压高，最多三小杯。平时木讷，见了好友们，菜是基本不吃的，话却多，手舞足蹈，神态天真如西府青涩少年，毫无城府的模样。讲到激动处，纵横捭阖，气势磅礴。年前，红柯刚装修完师大新校区的新房子，《太阳深处的火焰》也已出版，他舒了一口气，几次打电话来主动说：弟，我最近忙完装修，要给你的作品和你的家族写一篇大文章的……

红柯是陕西文学界继路遥、陈忠实、贾平凹之后最引人瞩目的作家，他在勤奋、高产的同时，也保持着作品的优秀，在陕西，红柯是除了贾平凹之外，入围茅盾文学奖次数最多的作家，这样的作家，全国屈指可数。《西去的骑手》《乌尔禾》《生命树》《喀拉布风暴》四部长篇，都曾与茅盾文学奖擦肩而过，2005 年《西去的骑手》入围第六届茅盾文学奖；2008 年《乌尔禾》入围第七届茅盾文学奖终评；2011 年，《生命树》在第八届茅盾文学奖评选中，第一轮投票就高居第七名，终评时依然在前十；2016 年，《喀拉布风暴》在第九届茅盾文学奖终评中也位列前十。作为最好的朋友，我们为红柯鼓足了劲，每次都要咒语般祝福他一定要拿到下一届茅盾文学奖，为此，我们都满怀希望地期盼着 2019 年。书法家牛迈程甚至在自己的工作室里留下了今后悬挂照片的位置，前边依次是路遥、陈忠实、贾平凹三位已经获得茅盾文学奖的作家照片。

红柯的一生是短暂的，也是传奇的。当年，年轻气盛的红柯，一心想到边疆去，高考的志愿填的都是黑龙江、辽宁、山东等很遥远的地方，他最后的一个志愿才保守地填了宝鸡文理学院，因为他估摸着万一前面的学校不要他，他就上不了大学啦，结果命运弄人，他还是没能离开宝鸡，大学离家里才七十公里，坐汽车只要四十分钟。

三十年后，红柯依然清楚地记得，他是在 1986 年 7 月 28 日离开故乡关中西上天山的。这一天，他放弃母校宝鸡文理学院留校任教的机会，乘西去的列车远赴新疆定居奎屯。这就像把一只拘束很久的鹰抛上了天空。此后，红柯便开始了他逐水草而居的游牧生活。他一生最好的十年在天山南北度过，新疆的广阔与疏狂，新疆的空旷与奔放，多民族共处共存的风情，多种宗教与文化的互融互通，丰富奇诡、斑斓多彩的各民族传说，所有这一切赋予了红柯异于秦地作家的独特气质。

“初到新疆我先适应当地的生活，入乡随俗。老老实实地当伊犁州技工学校的老师，带学生实习跑遍天山南北。技工学校与文学无关的生活对我影响很大。”

在红柯的眼里，新疆遍地是“黄金”。在沙漠里午睡，醒来赫然发现天在头顶，世上也确有天籁之音。在阿勒泰山上，他一次次拿起望远镜眺望远方，对面能看到西伯利亚鄂木斯克，这正是当年陀思妥耶夫斯基流放之地。新疆十年成就了陕西作家红柯。

像是河流漫过大地，他诗人般漫游在辽阔的天地之间，最终酿成了文学的芬芳和狂放气质。

初入疆时，红柯曾想过写鸠摩罗什、写玄奘，因为发现丝绸之路像火之路，高僧的袈裟也像火一样夺目，但深入新疆文化后，他改变了想法，“我真正想写的是丝绸之路上被历史遮蔽的人，写普通民众。”

红柯回忆当时带锅炉班的学生实习，一个地方一待就是一个冬天，而带驾驶班学生实习就是带一个车队呼啸天山南北，“我们跑到戈壁滩、大沙漠里，有两种植物我印象太深了，一个是胡杨，一个是红柳。”胡杨千年不腐朽，红柳生命力强悍，犹如大漠火焰一样。从那以后，火焰般的红柳一直在他脑海中飘荡。直到2000年，红柯受邀参加中国青年出版社组织的“走马黄河”写作计划，考察黄河上中游的民间艺术。他走遍甘肃、青海、宁夏、陕西，皮影艺术给红柯留下最深印象。那是一个漆黑的夜晚，灯光打在白布上一闪一闪，看着活蹦乱跳的皮影，红柯的脑海里却映现出大漠红柳的形象，一个念头冲撞而出，“正是红柳这个火焰，一下子把人、天地、宇宙全照亮了。”于是，他想把大漠的红柳和陕西的皮影勾连起来，写一部长篇小说，就是这部《太阳深处的火焰》。

“从1983年发表第一首诗到《太阳深处的火焰》，我的创作就是一个核心：火。”长篇小说《太阳深处的火焰》一经问世就在文学界引起广泛关注，荣膺第二届中国长篇小说年度金榜领衔作品。这部小说正像它的名字一样，给这个寒冬带来非常多的暖意。2018 年 1 月 12 日，在《太阳深处的火焰》新书发布会上，作家红柯这样总结。

红柯的一生是短暂的，也是辉煌的。1995 年底，在新疆生活工作十年后，红柯回到了陕西。他的视野徒然宏阔，如赋神性，他开始用文字倾吐对西域文化深沉的爱慕。

大约在 1997 年，《西去的骑手》让红柯一夜成名。几乎同时，一部短篇小说作品《美丽奴羊》，洁白耀眼，像凌厉的刀锋划过文坛，让许多读者眼前一亮。1997 年，他的短篇小说《美丽奴羊》获全国十佳小说奖。2000 年，被授予冯牧文学奖。2001 年，短篇小说《吹牛》获第二届鲁迅文学奖，长篇小说《西去的骑手》位列当年中国小说学会长篇小说排行榜榜首。2003 年，被授予第九届庄重文学奖。2004 年，长篇小说《大河》在《当代：长篇小说选刊》发表，产生了很大影响；2008 年发表《阿斗》；2011 年发表长篇小说《好人难做》，获得《当代》文学拉力赛 2011 年分站赛冠军，在龙源期刊网转载作品中位列 2011 年全球中文作品点击量第四名；2014 年长篇小说《少女萨吾尔登》在《十月》长篇小说杂志发表，十月文艺出版社 2014 年 12 月出版，并于 2016 年获第三届叶圣陶教师文学奖。2015 年 9 月长篇小说《喀拉布风里》、2016 年小说《鹰影》发表并推介到俄罗斯。小说《喀纳斯湖》被译为日文在日本《中国现代文学杂志》发表。同年，中短篇小说集《狼嚎》由陕西师范大学出版社出版，学术随笔集

《绚烂与宁静》由十月文艺出版社出版。2017 年，长篇小说《太阳深处的火焰》被评为长篇小说金榜领衔作品。

红柯的作品都是写给新疆的赞歌，他是中国文坛少有的将西部民族意识、现代手法和浪漫气质融为一体，创造出了从长安到西域这条丝路古道上的一个个现代神话，为中国西部文学的开拓和构建树立了里程碑。

有评论家说，红柯是中国描写西域风景最好的作家，红柯回应："风景在我作品中不是背景，是主体，万物与我同一。"他不是在写风景、乌尔禾的草和戈壁滩上的石头，而是生命。红柯从未让评论界失望。

他从 1983 年开始发表文学作品，1999 年加入中国作家协会，2007 年 9 月起担任陕西作家协会副主席，2016 年 12 月当选为中国作家协会第九届全国委员会委员。

因优异的文学成就，他先后被中共陕西省委、陕西省人民政府授予"陕西省有突出贡献的中青年专家""陕西省四个一批人才"等荣誉称号，被中宣部授予全国宣传文化系统"四个一批"人才，入选全国"万人计划"哲学社会科学领域领军人才，他的许多作品，也被翻译外介至多个语种多个国家，成为第三代文学陕军公认的旗帜和领军人物。

红柯先生是一个浪漫的人，也是一个真实、善良的人。很多人喜欢听红柯演讲和讲课,但是他并不是那种善于讲课的好老师。他的普通话严格来说不甚标准，带着改不掉的西府口音。在香港办讲座时也是一口老陕普通话，把“今天”读成“今千”，把“诗人”念成“司人”。他演讲的条理也不甚明晰。但是他的状态“忘乎所以”，先把自己全部投入进去了——自顾自说笑，好比醉汉说话，说到激动时，手舞足蹈，汗水淋漓，话语睿智，充满哲理，兀自形成一个强势的气场，感染着所有在场的人。已生华发的红柯，谈吐间还隐约能瞥见他年轻时的朴实和可爱，他说他小时候吃奶奶做的岐山臊子面有一次吃了足足三十多碗。他说他高考历史成绩当地第二，数学成绩低得吓人，以至于数学老师在大街上怒其不争地骂他，让他无比惭愧的情景一直记忆犹新，数学哪怕只考五十八分也足以上北大了，结果却只能去宝鸡文理学院。

评论家白烨认为，在陕西作家当中，红柯的作品辨识度极高，因为他的作品有着非常强的浪漫主义风格，这在陕西作家当中是少有的。作为一位旗帜性的人物，他的文字燃烧着淋漓的生命的元气，他永远为自然和生命歌吟，他引领我们瞻望西部神奇的天空，浩瀚的戈壁，圣洁的雪山，广阔的草原，还有太阳的火焰，奔驰的骑手，歌唱的少女以及美丽的奴羊。

红柯具有宽广的文化情怀，他倾心丝路文化、陕西文化、突厥文化，深切关注民族命运和百姓生活。从西域大漠到秦地西府，从民族英雄到市井百姓都是他创作的源泉和歌咏的对象。在他笔下，牛羊骆驼、飞禽走兽、草木砂石、沃野长空无不具有蓬勃的生命，他用粗犷而不失灵动的文字，浪漫又富有同情的关怀，豪放飒爽又慷慨深情的风格讲述一个个故事。

红柯先生也是一位令人尊敬的师长，他担任陕西省作家协会副主席十余年，始终倾心帮助、扶掖青年成长。他不仅担任陕西“百优作家”的创作导师，还在繁忙的工作之余多次出任各类培训班讲师，他将自己的创作实践和体悟倾囊相授。

惜时如金的红柯，却长年不厌其烦地帮助一位高三时患了躁郁症的文学爱好者小马，多次与他见面，给他开了长长的外国名著的书单，劝他先要考一个好大学，文学只能是爱好，在当今社会难以糊口，苦口婆心，一片父母忧戚之心。

这位年轻人回忆与红柯交往时说：

“我又见到了红柯先生，他还是那样固执地坚持劝我去上学，可我也是一个很倔强的人，某天我和他微信上笔战打成了平手：先治疗，不拒绝以后再去上学的可能性。他说毕竟你还很年轻。”

“他还是那样滔滔不绝，头发却又秃了一些。他给我分享他的讲座我给我全家都听了，我还得到了他的签字书，上面谦虚地写着：鼠先生指正。”

“最后一次梦见他，在梦中与他吵得不可开交，他还是那么固执地坚持要我去上学，我是那么面红耳赤、虚张声势地说，我是天才，你不懂！然后我便醒来了，感到很不好意思，感到羞耻。现在，他西去了，徒留我孤零零的，一个人，我只知道，再也没有那个催我去上学的人了……”

几年前，儿子邢子晨追着问我：爸爸，爸爸，你经常提说的红柯是什么啊？

现在，我有了标准的答案：红柯是一种生长于高山之巅的植物，高大雄壮，可造车船、梁栋，这是植物红柯；身怀壮器，大气磅礴，有大志向、大胸怀、大目标，这是作家红柯。两者共同点是：皆是世间难得之良才，皆把自己努力放在一个高度上。

作家的红柯，竟然活不过植物红柯，这让人揪心地痛。骑手打马西去，是否又回新疆去了呢。

痛定思痛，用诗人的一首诗送别红柯，甚好：

让骑手回到草原吧，
让鹰回到天空，
把酒还给畅饮者，
把诗还给诗人。
那遥远的草原和山川上，站着酒神和诗神的歌队，
他们在迎接这个归来的人——
大街拥挤的年代
你一个人去了新疆
到开阔地走走也好
……

（本文为作者悼念作家红柯去世的文章，曾发表于中国作家协会2018年3月23日《文艺报》。）

第四章

静隐：灵魂的栖居

所有的生命其实都是一种宿命和偶然的同时存在。一个人的命和一只狗的命其实没有本质的区别，所谓生命的意义，是人自己赋予的。

生命中偶然和宿命同时存在，一个人一生所有的起伏跌宕可以归结为遇或不遇。遇到了适合你的土壤、环境、人，加上自身的努力，你就可能成功了。

用豁达、安宁的心去等待和储备吧。

与佛说

一缕馨香，袅袅飘拂，天地便有了通道，人佛即可感应，也就有了对话。

泼烦人：佛啊佛啊，你在静处，我在动处，你在旁观，我在当局。请你指点我超脱凡人的烦恼。

佛：休这样说起，人是未来佛，佛是过来人！我曾经和你一样烦恼过。

泼烦人：你能告诉我，人为什么总感到莫名的泼烦啊。

佛：其实这是当今一种普遍心态啊。你敏感、善良，所以感受得更痛苦些罢了。

泼烦人：现在社会歌舞升平，物质极大丰富，人们为什么过得反而不快乐呢。

佛：现代人物质生活之奢靡和人之间之冷漠达到了五千年以来的最大程度，人们被贪、嗔、痴、欲所层层困扰，处在一个不善的环境中，怎么能不烦恼呢？并且他们确实面临着很大的危机呀。

泼烦人：什么危机呢?

佛：最大的危机是现在人人争利！利是动乱祸害的根源，现在是不重道义的消费的世界，物欲横流，人人逐利。他们恣情纵欲，争名夺利，动机和目的就是损人利己。

泼烦人：现代人走在街道上为什么一脸焦虑，一脸冷漠，焦躁的情绪一触即发。

佛：这是他们在苦处。他们心理烦躁，不快乐，脸是心的环境，容貌是人自性的外露，相随心转，心善面慈，心邪恶相貌邪恶啊。

泼烦人：你说他们生活在苦处?

佛：是啊，他们生活在不善的环境中。你看他们吃的肉、蔬菜都有毒素，吃的鸭、鸡都有催生素，这些东西都不正常，违背了生长规律，吃了那能不得怪病啊?他们呼吸着污染的空气，处在一个不和谐的环境中，人与人不和谐，与己不和谐，与自然不和谐。他们怎么不在苦处呢?

泼烦人：如今科技飞速发展，人却丧失了畏惧心、荣辱心、廉耻心。

佛：科技的发展加速，传统的精神被极端摧毁，没有道德伦理约束，作恶的畏惧心都消失了，善恶的标准与古代圣贤颠倒了，人不相信善恶报应，这就很可怕。

泼烦人：谁造成这样的结果呢?

佛：危机是长期积累起来的，文化教导他们竞争，教导他们全做强者，竞争升级成抗争，最后是战争。全国三百多个电视台二千多个栏目，三亿台电视机，为了经济利益和吸引眼球，对人进行长期的不良的刺激，这种潜移默化的教化作用在吞噬人们的道德感，改变着人们的道德标准。还有网吧，让世界更混乱了——未成年人把游戏与生活彻底混淆了，像游戏一样生活，像生活一样游戏。

泼烦人：现在为什么瘟疫、自然灾害越来越多，越来越频繁呢？

佛：这是由人心感应的，风水随着人的意念改变。世界的命运，世界的苦乐，全由人的心态确定，瘟疫和洪水海啸都只是自然对人类的报复。

泼烦人：这些现象与人的心态有关吗？

佛：密切相关！人的想法、做法必然作用于自然界，天人合一。芸芸众生一言一行必然会改变周边的事物的。

泼烦人：怎样遏制这些不好的自然现象和瘟疫呢？

佛：瘟疫其实不可怕。人心清静就有免疫力！

泼烦人：人类难道没有希望了吗？

佛：有希望，但是头疼医头，脚疼医脚是解决不了问题的，复杂的问题反而要简单处理。根本的办法就是从每个人做到把利益看淡，教育救世，重塑我们的道德，重建人性的和谐，人类才能真正地离苦得乐。你愿意为之奉献吗？

泼烦人：我愿意！

佛：那，就从你先做起吧！

旷野的故事

一场软绵绵的雪无声地降临在塔尔巴哈台大地上。一夜之间，塔尔巴哈台山、乌日哈夏依山、加依尔群山被白色所覆，四野无人，天地皆白。

火塘前，七十八岁的伊玛木·哈力老人。慢慢悠悠地说着话。他是塔城地区托里县新瓦克部落一位德高望重的老人，也是远近闻名的驯鹰手。在塔城，最受人尊重的狩猎方式是用驯养的金雕、猎隼、猎狗捕猎。他的鹰叫“俄尔克兰”，勇敢、雄伟之意。老人打开记忆的闸门，如同打开一个斑斓的锦囊，抖落出一个个不可思议的故事。

狐狸是食肉动物中最狡猾的一种动物，在野外人只要发现了狐狸的洞穴，当天晚上狐狸便会举家搬迁——聪明的狐狸能闻到人的体味，知道有人到过它的洞穴。

一次在冬窝子放牧时，伊玛木·哈力老人坐在一块没有雪的石头上晒太阳，忽然发现左侧有一只黄色狐狸，一瘸一拐，在深厚的积雪中艰难爬行，好像随时都有可能倒下。狐狸拖着长长的尾巴，毛色在白雪映照下格外美丽迷人。牧人靠近一点，狐狸吃力地向前走一点，始终与牧人保持一段距离。就这样相峙着走进了一个山谷。突然，这只受伤的狐狸一转身，像箭一样快速向山谷中蹿去，原来这只狐狸根本没受伤。发现上当的他赶紧往回跑，发现刚才散在四周吃草的羊已经聚在一起，一点数，发现少了一只冬羔羊——原来，一只狐狸装作受伤，另外一只狐狸迅速把羔羊拖走，去喂食饥饿的家人。

还有一次，伊玛木·哈力老人的朋友去城镇购买日常物品，发现土丘旁边的河坝上有一只金黄色的狐狸，用头去撞击河滩边的断木树桩，碰得满头是血，浑身颤抖，不时在地上打滚，牧人一看心里很高兴，今天可以白捡一只狐狸了。看见牧人策马奔来，这只狐狸拖着长尾巴，跌跌撞撞向前走去，牧人快，狐狸也快，大约追出几百米，也未能抓住狐狸。这时候狐狸回过头向原来的土丘叫了一声，箭一样向远方跑去，顷刻无影无踪。牧人回过头，看见另外一只狐狸，用嘴叼着自己的幼崽已经离开土丘向山涧跑去。牧人这才明白自己误闯了狐狸哺育幼崽的洞穴，为了保护它们，狐狸不惜用损毁自己肉体的方法，来迷惑牧人，给母狐留下充足的逃生时间。

沉默了好久，噙着烟袋的老人神情邈远，然后，他娓娓道出另外一个故事——裕民县巴尔鲁克深山一个非法盗猎者，夜间用钢丝做连环套子偷猎马鹿时，无意间套了一头觅食的野猪幼崽，幼猪在挣扎时套子越勒越紧，痛得哀号不已，母猪前来解救，钢丝绳无法咬断，撕扯过程中母猪也被套住。野猪母子不停地挣扎了一二十个小时，用嘴在地上拱出一个深坑，为了保存体力，坑内的草及灌木根已经被啃食殆尽。闻讯前来的公猪，不顾一切地毁坏了夹住母猪母子的套子，解救了野猪母子。它自己却被牢牢套住，后来，不能自救的它咬断了自己的后腿逃走。第二天，牧民发现，下套子的地方有一摊已经发黑并落满苍蝇的血迹，套环中赫然夹着一截血淋淋的猪后腿。

这时，另一位年迈的猎手终于开口说话了，此前，他一直坐在一边默默不语，额头上沟壑沧桑。

他声音低哑地说：20世纪五六十年代，乌日哈夏依深山牧业生产队常遭狼害，牧业队组织猎手出外猎狼。一天，他背着猎枪带着猎狗巡山，无意间在山谷发现一只行动缓慢、带着幼崽的猞猁。猞猁的外形像野猫，但比猫要大得多，身体粗壮，四肢较长，尾巴短，耳朵直立。最引人注目的是耳朵尖端耸立一撮毛笔一样的黑毛，极像戏剧中武将头盔上的翎子，又平添了几分威严的气势。

这只猞猁受惊后，慌不择路，迎面是一个山崖，眼见前方是无路可走的悬崖峭壁，进退维谷。这时，母猞猁四下张望，做出了让猎人终生难忘的举动——她让幼崽咬着自己的皮毛，把它驮在背上，纵身跳下悬崖，母猞猁坠入谷底后，被乱石击穿身体而亡。而那只紧紧咬住母亲的幼猞猁得以幸存，惊恐至极的幼猞猁伏在死去的母猞猁身边哀鸣不已。催马赶到的猎手看到此情景深受感动，无心继续狩猎，默默离去。

“它们都舍得拿出自己仅有的一次命呵！”这么多年过去，老猎人每每想起那次遭遇，依然难以忘怀。

屋外，一派冰雪瑶界。大家都沉默了……

（原载于 2017 年 2 月 22 日《文艺报》）

西藏　西藏

西藏的民居绝没有刻意追求的精致和坚固，就那么随意、随性、暂时性地摆在白云和高原之间。

墙由粗糙的土坯夯成，一块块土坯像泡软的脆弱的酵母片，垒砌得不高，一步可以跨越，墙在这里没有防御和禁锢的功能，只是一种随意的模糊的标志而已。草原牦牛的粪被均匀地摔贴在墙上晒太阳，晒干后铲下来作为漫漫冬天的燃料。

除过房居，用具也是粗糙的，缝纫的工具、炊具、转经轮……这一切难掩他们骨子里的随意随性。

山大多是由细碎的石头组成的，远古时的山肯定比现在我们看到的要隆起、魁梧些，随着雨水的浸泡和自身的不断坍实，它会变得越来越平实。这就像人的一生，宛若一条淙淙溪水，才出山的时候清凉且容易激动，哗哗啦啦，不可一世，一旦汇入江河，泡沫四起，泥沙俱下，便身不由己地沉默平实下来。

在长久的水气的氤氲润泽下，这些山便有了颜色，如果长时间不滑坡垮塌，绿色就会变浓，形成草皮。

山是大气的山，肆意地、纵横地摆开肢体睡在那里，耸入云端，吸纳水气凝成冰雪，化为冰水从大山裂开的沟壑中汩汩流到雅鲁藏布江，越走越大，越走越激溅越走越混浊，越有气势。

几乎所有的大河都发源于高原，它们全部的生命与激情，都来自于高耸的雪峰，那是河流的丰乳和母亲。

河流从一座山脉诞生后，就宿命般地走向远方，除非它变成一个湖泊，否则它不会永远地固定在大地的一个点上。

它们在高原在群山之间蜿蜒如完成一次漫长而目标不明确的旅程，经历中充满了悬念和未知。等待它的是一次猝不及防的拐弯，一面陡峭的悬岩，这是河流无法改变和预测的宿命。河流曲折蜿蜒的躯体就是无数次被改变的将结果。它们在漫漫高原里冲锋，在寂寥的寒夜里低回，在干渴的戈壁滩上沉吟，逐渐变得浑浊，渐渐失去最初的宁静和冰性，奔向大海，它们的墓地……

观察一条河流的起源，让我们学会尊重任何一种看上去很渺小的事物，哪怕一个小小的水滴，谁知道它不是在孕育一条著名的大河大江？它最初可能是雪莲花花瓣上落下的一滴水，作为胚胎落在大地上，那么它作为一条河流的历程可能就已经开始了。

所有的物种在这里都不是蓬勃的，很艰难地生长，长势很节俭，很谨慎，缺乏蓬勃的目的性，功利性和竞争的本能，并且他们深谙所有万物的虚幻和暂时性——这可能就是西藏的精神气质。

一个干瘪的老人坐在草地上的一堆石头上，穿着很厚，身上却裹着一层寒气，透出一股死气，但是她死不了。她冷漠地坐在石头上，她向自己的岁月走过，扎什伦布寺的僧侣说她能活到很多岁，那么，这女人就这样固执地向着这个目标活去了……客观地说，她从外形上已经分不清男女，人的一生两头是相似的，从面相上是男女混淆，比如小孩和老人，这都是她们一生的两头。

她总是这样一声不吭地坐在石头上，看着她衰弱的牦牛在散漫地吃草，看着年迈的狗在无聊地走动，她也许在想心事，想她曾经拥有的秘密和故事，也许什么都不想。

年轻的女人脸上都有严重的 斑，眼睛却有神，纯净、羞涩、多情。人这一生，什么时候说什么话，什么时候做什么事，绝对有个定数。她们也许过了喧嚣和招惹目光的岁月，如今却是如此地快乐和安静，她们快乐地做着所有的事情，心安理得。

碧蓝天空上云影在静默地走动，高原上的流水静默地流动，云在绿的黄的巨山上投下巨大的阴影，这阴影也在静谧地移动，星移斗转……

就在这静谧的阳光云影下，男人们围坐在一起博弈，身边都放着一塑料壶自酿的酒，赌博的过程中时不时地扭开壶盖喝上一口。酒都是自家酿的，度数高低全无定数，喝得熏熏然欣欣然，他们跟着自己的牛群，仰天挥舞着鞭，把自己想象成纵横高原呵斥天下的王，最终却踉跄着扑到在草地上酣然入梦……

这种睡眠会散发出香气，花草的香气。有的是苜蓿，有的是虫草，有的是雪莲花……人像一捆会喘息的包裹放置在哪里，香气就从那最深处慢慢地渗出来，散发着清芬。人在睡着的时候大脑需要这些草木的抚慰，它们在生长过程中吸取了土壤的思想，通过它们可以让一个人的神经与土地的神经链接接，也许大地才是一粒真正的安神药品。

也就是说，这个睡眠中的人是与自然实在接触的，只被能量守恒和万有引力两个定律所掌控,快乐来自身体,古老而根本……

天上的云地上的水都在动，像一幅简洁而寓意深刻的画面。它们似乎在暗示天地的大秘密——如这流水一样，万物都在一一呈现又一一流逝，汇成浩瀚渺远的“过去”。

高原上的狗不会说话，但它什么都明白……

禅心妙语

人有禅心，才有妙语。

我的朋友，咸阳的程海先生告诉我书法的妙用，他说写字可以养心，当今世界物质极度丰富，疑惑多、刺激多、人心浮躁，你看你在闲坐，其实万念俱生，费心！而在全神贯注写书法时万念化作一念，就是单纯思谋着怎样曲折勾捺把一个字写好。在这个过程中，心就省了，就养心了。他还说：群居守口，独坐防心。我觉得大有道理。

友王锋前几日为陕西师大一高寿教授的丧葬之事忙碌，谈到大师的年龄，他有经典一语：凡是浸淫于广博深厚之国学中的泰斗级人物，因其受国学滋养润泽，心态淡泊、安宁，大都高寿。

同事晓亮说，当今人们最大的隐私不再是个人感情、生活和婚姻，而是每个人的理想。我也觉得很有道理。前段时间一个政府部门的领导朋友与我闲聊，他说他的理想是利用现在人民给他的职权，推动中国法制的进步。他说这个理想如果给单位的人说，单位的人要么认为他有政治野心，要么认为他脑子有问题，所以这是隐藏在他心中的秘密，关于理想的秘密。这，也是我一直敬重这位朋友的深层原因，觉得如果这样的干部多起来，老百姓的日子会好起来。另外，我觉得他把出世和入世的关系处理得很好，他虽然有这么高远的理想，但是他也开车号很牛的公车，也抽别人送的烟酒，也交乌七八糟的朋友——我觉得，这样的干部在中国的官场中才是有现实生命力的，能做到心中有佛，酒肉穿肠的官员已经很不易了——这也是他对自己的妥协，对现实的让步。高大全式的一尘不染的干部注定是要被社会潜规则湮没的。

所以，最近我就想，在这个碌碌走动的人群中，每个人都有自己的一个关于理想的秘密。这与他正从事的东西无关，因为他要生活。

对于官场，另外一老年朋友马锋说：政治的“政”就是文不分反正；“治”就是大水来后先找高台躲避，然后再寻找发展自己的机会；法制的“法”字实质的意义是“去水”，去水之法，亦给汹涌而来的水找一个泄去的渠道，衍生出的意思是给事情找一个解决的渠道。我细拆两字，亦觉有理。

另一友红在一次驶离市区后有大感悟，她看见很多柿子树立在路边。她说：其实柿子树很像好老婆，肥大的树叶，甜美的果子，即便冬季也完全是丰乳肥臀的样子，粗大的树干显示这个女人的成熟，扭曲的枝丫还颇有女人的柔美，柿子树质朴、踏实，不像柳树那么纤细柔弱，也不像梅那么孤傲，她不需要你太操心，也不需要你过度关注，结了果子，更不会因为你不及时采摘而腐烂，她会继续照顾自己的果实，直到有一天你来了。没有一片叶子的她还是会给你留几枚更加甘甜如蜜的果子，柿子树实在是好女人，可惜男人们不知道！

此外，她还对我讲“命运”，她说“命”就是一人一口一耳，“运”就是天上的流云，地上的车。对于运，我觉得她是想说，天上的云在走，地上的车也在走，都是动态的，可以改变的吧。

最近另外一友说：以前有一个高僧，有人问他修炼这么多年修炼出什么心得，高僧说该吃饭的时候吃饭，该睡觉的时候睡觉。高僧说，总有一些人吃饭的时候百般需索，睡觉的时候千般抵赖。

另一友说：圣贤庸行，大人小心！

友程海的一副对联也让人心时时静下来。他说：水清鱼赏月，林静鸟谈天——很有意境。

理想生活

我有几大嗜好：强烈地喜欢闻嗅牛粪、马粪的气息和味道（虽然现在的农村已经很少看见牛和马）；强烈地想在广袤、荒凉的黄土高原的沟沟壑壑里干一些纯粹体力上的劳作。在我的奋斗目标中，不是在大城市购买房子和车，而是过一种富足的农村式的生活。

从内心深处来说，我从来不喜欢任何一个城市：中国的城市慢慢失去自己的特色，像傻媳妇摊饼子一样越摊越大，公共设施永远捉襟见肘，人群无一例外地很拥挤，上班族的上班成本和生活成本被无限加大；环境被破坏，空气污浊不堪，即使是清晨，从下水道口冒出来的微白色气体就像一个老女人隔夜的口气，令人作呕；到处是水泥和钢筋的建筑，太阳一出来满城市都晒得像烧窑场，稍稍下点雨雪路面就成了河，城市的管理者不得不启动各种应急预案。再看看这些城市的精英阶层，他们以精英教育为背景向所有的东西挑战并不惜透支自己，他们在城市高高低低的写字楼上蛰伏等待一跃冲天、扬名立万的机遇，而普通阶层，无疑是承受压力的最低层，在拥挤的上班群流中，他们无一例外地面带对生活的焦虑气息，疲惫不堪却不能放弃。

我固执地认为，一个人只要真正地享受到生命，应该不在乎生命的长短，哪怕只有六十年。而这六十年，最好就在农村度过。

我对理想生活是这样描绘的——我降生在农村时与其他农村的孩子没有什么大的差异，糊里糊涂地就长到了该婚娶的年龄。一般这个时候，就有农村的媒婆到家中提亲说媒。农村里不兴谈恋爱，双方约定了见面，看着不错就定了亲。农村经过媒人撮合成的婚姻具有很大稳定性，因为它建立在一种传统的嫁鸡随鸡的背景里，所以婚姻质量比城市的好且具有稳定性。在这个年龄，理想中的我必然是干成了某一件事情，肯定是一件大事，因为我赢得了全村人对我的尊敬和畏惧，他们传说着我神化着我却又不敢接近我。当然，在我结婚的前前后后，村里的几个婆姨对我是有许多爱慕的，虽然我们一直没有说过一句话，但这不影响爱慕这种东西，这种叫爱慕的东西一直在她们心中埋藏了许多年月，一直到六十岁生日那天我突然死掉。

我可能有四个儿子，他们都是农村那块地皮上的强人，虽然不经常在村里指手画脚，但他们说一不二，像我一样赢得了全村人的敬畏。他们成人后像我一样阴沉着脸走过村庄时，村民们明显奉承讨好的问候声从村东响到村西。儿子们长大后，我也就该到了享福的年龄，虽然这个年龄在城市里还没有彻底退休，但是我在农村已经该享福了。儿子儿媳们对我是非常害怕的，他们偶尔放肆地谈笑，见我老远道来，就都不约而同地敛了声息，很小心翼翼。吃饭时我不吃第一口，他们是绝不会动筷子。

在这几十年里，我充分地享受着农村的空气、阳光、田地、静谧和唯一的尊严，我经常披着一件很烂的棉袄去很宽展的自留地里转悠，虽然农村的人经常为地畔吵架甚至斗殴，但是我的地畔上长满了杂草，因为我的威慑，村里人没有一个敢犁地时毁坏与我相邻的地畔，在这方面，他们有他们的自知之明和聪明。

因为我约定了在六十岁生日里死去，所以我没有老到保持不了我的威仪。我的死去在我来说是深谙了几十年的，而在于其他人却着实有点突然，对我的突然离去，他们几十年的敬畏化作了前所未有的悲痛，全村人都失声哭了。那几个婆姨，就是那几个深深爱慕过我一辈子的婆姨们，她们悄悄擦干了眼泪，很重的眼泪，向她们怀里的孙子辈们叙说着我的英明，日复一日不厌其烦地传说着一个神奇老人的故事，咀嚼着度过了她们的后半生。而我的老婆，那个与我因为媒婆而恩爱生活了几十年的女人，因为继承了我的威信和尊严，经常去给一些农村家庭调和矛盾和纠纷……

理想归理想，写完文章后又不得不回到现实中。如今，我们不得不依旧拥挤在城市的人流中，每天穿越这座古城的北门和南门为生活拼搏，怀念着农村的寂寥和开阔，芬芳和纯粹。这是我的无奈，也是这座城市里许多人的无奈。

长安居

在 2008 年的新年炮声中，我搬进了一套像样的新房子，但是却始终没有好心情。

来西安的第一个住处是在西郊一个军工企业的老宿舍，四个刚毕业的年轻人各住一床，那个宿舍本来是闲弃的，房子中间一大堆垃圾，我是最早领到钥匙的，于是我打扫了一下午。在 1998 年那个炎热的夏季，这个西晒的房子就像一个蒸笼，我们汗流浃背地躺在五元一张的凉席上不能入睡。此后我又搬到单位附近的一间民房租住，房子阴冷潮湿，那个冬季的冷入骨髓，给骨头留下记忆。

来到新单位后我与同事王荣忠在单位附近租住了一间民房，二楼，逼仄陡峭的楼梯，房子十几平方米大，里边只有两张简易的木板房，中间是一个电炉。那年也是一个很冷的冬天，每天一大早就出门寻找新闻，他摄影我文字，我们两个愣头青曾经端掉了古城牛皮癣一样顽固的自行车黑市，也曾被人围攻跟踪，也曾申请报社派车去陕南长达半个月的寻找原汁原味的新闻线索。很冷的晚上，我们坐在电炉旁边用剪刀细细剪下自己见报的稿件，生活艰辛但很简单，充满激情、满足和快乐。但是房主是个尖刻吝啬的老女人，因为说好水费是包括在房费里的，每次当我们在水池子洗东西时，她就站在旁边恶狠狠地盯着，直到你关掉水龙头。更难忍受的是院子里那个一平方大小的公用厕所，气味让人连连作呕一刻不能忍受，整个厕所的墙壁和木门上的插销都油腻闪亮。于是，一等我们通过单位的试用期就毅然逃离了这个不慈祥的老人。然后我们就分开租住，快乐的日子成为彼此珍藏的记忆。

再后来，我热心的表哥在他住的小区租了一套房子给我，楼很陈旧，里面摆满了没有搬走的陈旧老家俱，透出老人使用过的气息，房子倒安静甚至有些恐怖。楼下简易房子里有一对收破烂的夫妇，由于经常为生活吵架所以没有见过面但是声音很熟悉，经常，在深夜，那女人一声高过一声的哭声让人毛骨悚然。

真正属于我自己的第一套房子是政府的安居工程，七楼顶层，也便宜。但是地处火车站附近的“道北”，市容肮乱，也是外来务工人员聚集觅活的地方。又因为集中了几个建材市场，所以整日车水马龙不得消停，拉载着钢筋、石板、钢管的大型汽车一声高过一声地加着油在马路上拥挤或者呼啸而过，冰冷、生硬、强势得让人不安。小区的马路对面是中国一个辉煌帝国的宫殿遗址，政府计划斥巨资修复重现以前的规模，不久以后这里将变成一个西北最大的遗址公园。上班的地方在这个城市城墙的西南，每天

當一個
人即將
走完一生
的時光，
他孤獨地
坐在城市
鋼筋水泥
冰冷的屋子
但是他的心中卻
充滿了無限的悲哀。

早上，我要穿过城墙的北门，在车辆和人的拥挤中穿过南门，疲惫不堪，晚上又同样回到七楼，脚步沉重无奈。

把父母接到西安的旧房子后，因为是七楼，所以他们不愿下楼，要么在狭小的房间里看电视要么在不宽阔的阳台上晒太阳。实际上，就是让他们每天下楼转转我更不放心，因为小区绿化有限，很少有空地，小区附近的街道上车辆呼啸摩托乱窜。曾经在小区的门口，附近一对爷孙两人在遗址的石碑旁小桌子吃饭，一辆大汽车倒车时把石碑撞断，压住了爷孙。这发生的一切让我一直内心不安和自责，每日在外也都操心父母健康和安全，提心吊胆，惴惴不安。

于是新房子选择在一个很大的公园的旁边，想着父母可以每天在公园里散步锻炼而不用操心车辆。这新房子在建造时被建筑商封闭起来制造神秘。当我被允许戴着安全帽来到属于自己的房间，低矮的楼顶盘错着生硬突兀的空调管道，粗糙野蛮，一间间房子如同火柴盒样逼仄狭小，高耸的楼群互相遮挡着阳光……这一切又一次打破了我心中的梦，让我瞬间很颓废。

搬家的时间一拖再拖，终于下决心搬了。在新年的炮声中，没有喜悦只有失望和疲惫：三岁儿子晚上声嘶力竭地哭闹，一家三代造成居住的窄狭，急功近利的物业，缺乏责任感的服务，到处停泊挤占空间的车辆……我来到阳台，却看见邻近的高楼上大幅标语写着“用刘翔的速度迎接 2008”——这企业用词不达意表达着对即将到来的奥运会的朦胧冲动和肤浅兴奋。

在这个城市中，每个人内心都有自己想要的房子，他们为房子拼搏奔波而遗失了心中的房子，当一个人即将走完自己一生的时光，他孤独地坐在城市一角钢筋水泥冰冷的房子里，狭小或者宽敞，但是他的心里必定充满了无限的悲哀。我痛苦地想，这远远不是我心中的房子，我心中的房子依山傍水，春暖花开，阳光明丽，房子是一层或者两层的，很随意，不功利不急迫，青砖铺地，古朴大气的原木桌子和原木直接锯成的树桩做凳子，在阔大的院子里孩子在自由嬉戏,父母在远远的另一角晒着太阳喝着茶，随意散漫。

2008 年元宵节的前一天，我离开古城的新房子，为生计又飞到南方的一个城市，眼中却依旧充满疲惫……

人这命

最近身边有许多生命接连殒去，迫使我再次思考生命的意义。所有的生命其实都是一种宿命和偶然的同时存在。一个人的命和一只狗的命其实没有本质的区别，所谓生命的意义，是人自己赋予的。

农村的人故去，最起码惊动了一村子的人来忙乎着过事，惊动了一群人顿足痛哭，引起了一群人长达几年的悲伤和追忆。而在城市，快节奏让人们面对死亡更简单，在殡仪馆狭小的空间里匆匆地悼念和追思，然后被匆匆地火化成烟，后边有另外的一家人在排队等候……

所有的生命其实都是一种宿命和偶然的同时存在。一个人在世间，无论生命的绚丽或黯淡，所有的奋斗与痛苦、婚姻和爱、亲人的离去，都将成为虚空，这个过程结束后人将重归于泥土。

每个人都知道自己要死，可没有人愿意相信这是事实。一旦生在世间，我们就如悬挂在悬崖的人，挽救我们的那根树枝，被黑鼠白鼠二十四小时不停地咬噬……

如果你一直不愿意变老，那你就永远不会幸福，因为你终究是要变老的。我们之所以对死亡和衰老恐惧，是因为我们没有把自己视作自然的一部分，我们既然是人就得高于自然，实际上我们又回归自然。一旦你学会了怎样去死，你也学会了怎样去活。

婚姻和家庭给人提供“心理安全”，这些金钱、名望、工作办不到。我们常常出席别人的婚礼，向新婚夫妇衷心祝贺。其实我们都为婚姻困惑，有的人不知怎样走进去，有的不知怎样走出来，多少人把婚姻视作泥潭中的鳄鱼。事实上，你看看周围，多少人一生在忙着婚姻这件事情，多少人一生痛苦着这件事情。

我们说：爱是永存的感情。而佛说：人在爱欲之中，独生独死，独来独往。觉悟了的人说：在爱情上，每个人都要走一段苦路，而且是别人不能代替的路。就算能和心爱的人在一起，又如何呢？人总会老，老了总会死。如果先死，爱得越深，越会不舍，会死得越痛苦；如果爱的人先死，那依然是爱得越深，越会不舍，会活得越痛苦。

一件物，一个人，注定是不会永远属于你的，但我们却苦苦执着，苦苦追寻，至死不渝，却到最后又不得不放手——这是我们心灵上注定要受的苦！说简单些，就是我们的肉身，在短暂而漫长的一生磕碰中，不受一点伤害也确实是一件难事。

对于世事浮华，我们经常感叹如坐公共车。你刚上车时人很拥挤，你所拥有的一切资源很有限，你扶着栏杆欠着身子瞅着有座位所有人的举动，揣摩着他们扭动身子的意图，在挤挤挨挨中

度过了旅程的多半你也耗费了自己的智慧,这时你有了一个座位,你坐下了，你有了自己的资源和位置，但是这时你已经快到终点了。你在下车时没有什么东西可以留下和带走，这就是旅程或者人生的相似。

人是未觉悟的佛，佛是过来人。真正觉悟之后，方知道诸事乃是一场空；人生如梦，不过是一场梦而已。平常做梦的时间短，这个梦的时间比较长一点而已。若这一生享受富贵，是作了一场好梦；若冤家债主很多，这一生是作一场噩梦。

当体即空，了不可得。一生有限，爱或者死。遇或不遇，不如不遇！

功利制造平庸

一位同事拿来小孩的语文作业征询答案，文章说一个小孩爬一座险峻山峰，支撑不下去的时候得到一位登山老人的鼓励，两人互相鼓励终于爬上了山峰。作业问题是：作者为什么要描述山峰的险峻？

功利教育造成偏差，教育是何等的偏执！

我们的文化和教育造成了一种错误的惯性，改动了价值和标准，企图一代一代误导下去。这文化不鼓励人们思考真正的大问题，不鼓励人们仰望星空思索宇宙、生命和生存的意义，而是吸引人们关注一大堆实例琐事，并且，潜移默化地灌输进去功利的观念。

外甥女在上海工作，她父母都希望她回到身边，但是我们的劝说以失败告终。

我说，你们这一代人，毕业后都一窝蜂拼命地想挤进北上广，嫌弃一些中等城市和县城——这是你们功利的工作观；你们的择偶观同样很庸俗短视，你们希望对方要高要帅要有钱，年龄和感

这個世界中，必須从辛劳中解放出来一批
人，拥有閑暇和高貴的思想。那些思想家，
往往居於世界的宁静之域，遠離尘世和
繁華，在不起眼的角落里，偉大的思想
自然而然。
翩然而至，

情倒成了次要的；你们安于享乐，不想奋斗，希望选择的男朋友一开始就创造优越的生活条件，有房有车。你们这些平庸的价值观决定了你们平庸的人生,你和大多数人一样具有这样的价值观,怎么能在其中脱颖而出呢。在安静、秀美、温暖的小县城就不能拥有幸福的人生吗？我们很容易自动接受社会加诸我们的制式观念及既定生活方式，这影响了生命的特性和斑斓，这种制式的思想桎梏细碎到：怎样才算成功的人生，什么样子的生活是贵族的,什么样子的工作是好工作！

这社会单一、功利的价值观，就是教人人都要做 CEO，就好像无论牛、羊、兔子，全要变成狮子。其实，只有狮子会成为狮子，其他动物只能被逼成疯子。人们不屑于关注没有实际利益的事情，不会浪费时间学习给自己带不来利润和实惠的知识。更无暇思考自己一生要走的路，思考生存的意义本身就是没有意义的，你只管朝前走，糊涂多了痛苦就少。每个人被裹挟着，没有例外。这如同在城市的道路上，驾车人懵懵懂懂地随着大流而行,后面有人催，两侧有人夹裹，你的车像一片木屑在水流中载浮载沉，无可逃遁。

匆匆赶路的现代人很难抵御成功对人的扭曲，所有人的生活都是从一个欲望走向另一个欲望。人们不敢沉潜下来做任何事情,害怕被太快的外面世界抛弃……城市的所谓精英们都走着同样的人生道路——求职、娶妻、生子、买房、买车、投资股票、关注家庭保险和理财、上各种继续教育的课程、广结人脉乐于应酬，似懂非懂地学习着一些外语单词和商业词语。他们，被裹挟着，付出青春，迷失自己，平庸了自己曾有的天赋，深藏黯淡了自己的理想，耗费了自己的年轻，最后都变成了一群没有任何特点的城市人。而农人，他们放弃了自己得心应手的土地，浩浩荡荡涌进城市，以无限靠近中心城市为标准。

这样的时代造成的结果是缺少大科学家、大哲学家、大文学家、大师，不缺的是浮浅的明星和功利的企业家。网络和信息的传播，使得事件被最大的影响和最迅速的抛弃，人们的分析和判断能力被弱化了，大多数人的头脑，反而更容易被操纵了。大师李叔同就不看新闻，他说纷纷扰扰有什么意思呢，那绝对不是知识，只能让人浮躁。

这个世界中，必须从辛劳中解放出来一批人，那些思想家，应该居于世界的宁静之域，或者远离尘世和浮华不起眼的角落里，拥有闲暇和奢侈的思想，伟大的思想这时将翩然而至，自然而然……而这一切，我们这个时代不提供。

遇或不遇

我曾在陕北一个小县城的街道看到过一个乞丐，他足足一米九的个头，长发披肩，络腮胡，眼神桀骜不驯，蹬一双高筒雨鞋，一身破衣迎风勃勃飘拂，臂下裹挟着一根长的枣木细棍，表情孤傲冷峻，像落魄的贵族。乞讨时也无卑贱之气。我想，他前世曾经就是一个煊赫的帝王吧，他正是在佩戴着宝剑巡视自己的臣民和疆土，陕北高原臃肿连绵的黄色土丘就是他众多嫔妃，呼之即来，呵之即去！我也曾经感叹农村的许多能人，以其才华在省城里也能谋得处级厅级的职位，而命运之神偏偏将他们安置在这个偏僻之地，将其对政治的天赋、运筹的能力局限于自己的生计。

生命中偶然和宿命同时存在，一个人一生所有的起伏跌宕可以归结为遇或不遇。遇到了适合你的土壤、环境、人，加上自身的努力，你就可能成功了。没有遇到，那完全是另外一种生活，你再努力也不行——一个这么庞大的社会机器湮没浪费些人才是再正常不过的事情了，特别是在中国。

电影《梅兰芳》最近在热映，我们看到，梅兰芳遇到了他的时代，也创造了属于他的时代。他的福气在于赶上了一个京剧全盛的时代，偏偏这时期他的前辈或因为年华老去扮相不佳，或如条件比梅兰芳更好的表哥王蕙芳那样自我沉沦，梅兰芳于是横空出世！

在梅兰芳之前，京剧旦行里的翘楚是陈德霖等人，不管他们技艺上多么有光彩，他们始终被老生和武生在舞台上的统治地位所遮蔽。而到了梅这一代，辛亥革命后发生的社会大变革，对于京剧最直接的影响就是观众群体和审美情趣的变化。女性进入剧场看戏，观众偏好婉约含蓄，国外话剧对传统戏曲形式和内容的冲击……喜欢旦角成为时尚。

再看看我们这个盛产明星的时代，明星们星光四射，让无数人为之倾倒。但明星成名前也曾是普通人，都有过跑龙套的经历，其中最为人们津津乐道的就是曾在《射雕英雄传》里扮演宋兵甲的周星驰。周润发 1974 年考入艺员训练班，以后的两年多，他和吴孟达等人一起出去跑龙套，扮演家丁、死尸等，一个小时只能拿到二十五块钱。同样，为了能得到演出机会，周润发常把自己打扮一新，守在电梯口，每见头面人物上下电梯，他就不失时机地问候一声。这位身高一米八的英俊小伙子因此引起了无线电视高层的注意，也给监制人员留下了好印象。发哥跑了两年的龙套后获得了在电视剧中担纲主演的资格，1980 年更凭借电视剧《上海滩》一炮而红，扮演小马哥令他一夜间成为大众偶像。风度翩翩的许文强，已成为一代中国人的浪漫记忆。

当时，还没有遇到机遇的刘德华给周润发讲起自己怀才不遇的苦闷，周润发亮出腕上的劳力士金表：“凡事都有一个过程。做人最重要的是对自己有信心，还要努力。总有一天，你也会有劳力士表，你也会有一切。”

最近看《大秦帝国》，商鞅和秦孝公堪称千年一遇的绝配搭档，商鞅不遇秦公将一生平平，秦公不遇商鞅，则壮志难酬郁郁而终！齐国君上也是励精图治的明君，但是同样一个商鞅，在齐在秦作为的空间将大不一样。商鞅只有碰到穷极思变、殚精竭虑图谋强大的秦公，两人共振，才达到了各自人生的最高点。

国学大师翟鸿燊说人一靠命二靠运三靠风水四靠积德五靠读书，细细想来是很辩证和科学的。

“命”是一人一口一耳，有人天生就在王侯诸侯之家，有人一生却得为温饱劳碌；“运”是存在的，从字面意思看就是天上的流云，地上的车，随时变幻。我觉得这是说，天上的云在走，地上的车也在走，都是动态的，可以改变的吧。而这个“风水”，亦即一个人对[illegible]生的规划、设计、调整，对资源的摆置、整合，而“读书”，意思在强调人的后天努力和进取。

用豁达、安宁的心去等待和储备吧……

鞋

生日这一天，我把鞋柜放不下的四双旧皮鞋一起扔掉了——这是我平时一直狠不下心的事情，因为村里的傻子富平说过，鞋通人魂的，鞋始终记着人走路时的感觉。

在生日这个特殊的时间里，鞋子与一个人的一生忽然有了某种联系。我在一个浮躁城市的一角认真地思考：我这三十四年穿过多少鞋子，它们都去了哪里？

这些鞋子，有塑料的、有布的、有皮的……是否被我直接遗弃在路上，是否被我扔进村里的土窖里腐烂了。或者，它们现在正穿在一个乞丐的脚上，一颠一跛，鞋一看见我很熟悉，咧开嘴笑笑。但是我已经认不出我的鞋子，我只是莫名地对这个乞丐很亲切。

鞋子的生命味道很浓重，你上了床，这些鞋就靠在床边，或者放在客厅鞋柜的地上，像一群停泊的船。

你早上醒来，鞋子也醒了，充满生气；你没有醒来，它就变得很冷很硬，将和你一起被埋进土里。鞋是通魂的，在红马镇，小孩受了惊吓,大人会抱着小孩一遍遍在十字路口向空中扔着鞋,来招小孩的魂。

你穿着鞋子，走在路上，舒服与否只有你能感受得到，你的鞋子影响着你的心境，最终实质上是影响了路的走向。

村里的王奎那天一锄头削掉了邻居的头皮，被警察呼啸着抓走了。其实，所有的人都不明白，两条人命，就是王奎的鞋子夹脚，他一穿那双鞋心理就不舒服，可他婆姨硬让他穿，说再穿一次就扔了罢。王奎的婆姨最后哭着统计说，自王奎穿了那鞋运气就不顺，穿了十回惹了七回事。其他邻居也恍然大悟，王奎那天扛着锄头一出家门就很躁，脸耷拉着一副吵架的样子。王奎他婆姨最后给他坟里埋了好几双大鞋，让他在阴间挑选着穿。但是村里的阴阳先生说，阴间是不穿鞋的。

人其实是一股能量，人生的整个过程就是能量释放的过程。人像种子一样抵抗地球引力逆势成长,长到一定的程度就歇下来。当生命衰退时，人的脸皮、眼皮、嘴角都一律向下坠，人的身体上的所有器官实际上都不同程度地向下坠，你的脚也没有以前灵便，它蹒跚着撞击着地面，套在脚上边的鞋也变得暮气腾腾，这双脚鞋的主人最终能量耗尽，匍匐在地上……这时，这双鞋也将被埋掉。

选择婚姻如同选一双满意的鞋子，重要的是鞋的尺码与脚相符，最好是什么样的脚穿什么样的鞋，可别贪大求新。

一位朋友说：浪漫型的婚姻是舞鞋，它轻便、灵活、雅致，

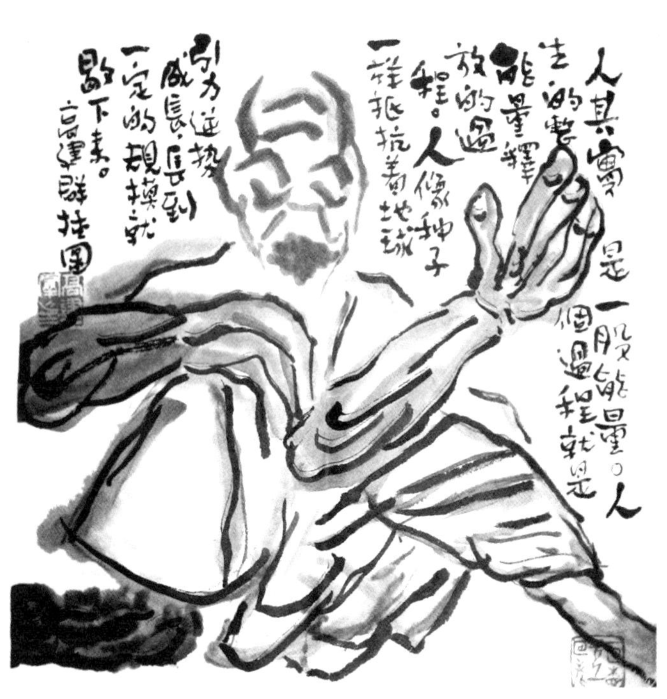
人其實是一股能量。人生的整個過程就是能量釋放的過程。人像種子一樣抵抗著地球引力逆勢成長，長到一定的規模就歇下來。
高建群插圖

但一旦离开了光滑的特定环境，就显得极难适应。老夫少妻型的婚姻是松糕鞋，穿着它不能长途跋涉。老妻少夫型的婚姻是大傻鞋，看上去滑稽，穿起来方便，脱下去容易，不过穿上它只能在卧室里自我感觉，若是到街上去显摆，就难免成为话柄了。红杏出墙的婚姻是拖鞋，它很好穿，又很方便，有很大的适应性，但致命的弱点是出不了大门，上不了正路，走不了多远。被金钱收买了的婚姻是小尺码的紧口绣花鞋，看上去挺美，但是脚知道感觉并不好受。

对人最恶毒的诅咒或者藐视也是与鞋有关的——2008 年 12 月 14 日，布什访问伊拉克，新闻发布会上，伊拉克记者蒙塔兹·扎伊迪向布什连扔两只鞋，并高喊："这鞋子是来自死于战争的寡妇和孤儿。"

除过眼睛，鞋也是一个人的窗口。旅馆柜台的服务人员和女老板，通常都会对于首次投宿客人鞠躬，借以观察对方的鞋子，来了解对方的身份。对于旅馆服务行业来说，依脚上的鞋子来判断个人的地位当然是他们通用的经验。

一个仕途得意的好朋友说，他小时候立志勤学，不是为了祖国，而是为了一辈子穿上好鞋。他说自己对鞋有癖，喜爱皮子很软和的皮鞋，这个爱好让他人生路上充满急迫以至于成功，二十九岁达到副处级。

鞋与女人的自信也息息相关，高跟鞋让女人平添了许多婀娜和味道。

一个迷恋高跟鞋的女人莎拉·杰西卡·帕克发表过很著名言论——我是站在高跟鞋上看世界的。在音乐上，她一直很从容，不紧不慢地唱着难度很大的歌曲。那些歌全是踩在高跟鞋上成就的。

鞋不合适得换，换一双鞋子就等于换了支撑你的方式。

人生的路还长着，你得有一双好鞋……

汉 罐

我在新买的房子里专门给我留了一间书房，中式的装修，就差把地板铺设成青砖了，书房的博古架、书架上摆满了各种器型的汉罐，它们缄默质朴的气质与客厅37英寸液晶电视永远的叫嚣喧哗形成了对比。

古城藏者大多喜欢金银、玉器、青铜的材质，喜欢雕琢精美、颜色繁复艳丽的器物，汉罐往往被他们遗忘在角落里。而我喜欢陶质的汉代瓦罐，是因其质朴、简单、低调、笨拙却又很浑厚大气，并且很少有假货。因为它相对便宜，造假者一般看不上。我收藏的汉罐大大小小近百个，都是在闲暇时各处淘来的。在这个浮躁、浮夸的社会里，它们永远静默矜持，散发着泥土的气息。

古人用黏土和成泥，揉搓捶打入窑焙烧，就有了刚性，叩之叮叮脆响。它是古人最寻常的家什，可藏粮，可盛水，可蓄酒，主人亡去时也伴随人墓室。两千年后被现代人挖掘出来，拭去尘土，岁月不改其形，水浸不变其质，还是旧时模样，只是增加一层若隐若现的荧光，行家只需瞅一眼便可鉴别真假。陕西西起凤翔东至蒲城一带绵厚的黄土中遍布周秦汉唐帝王陵寝,并且西安、咸阳自古帝王都城，汉代遗址、汉皇陵墓更是普遍，每有基建或挖掘，常有汉罐等汉代文物出土，流落于民间的不计其数。关中地面的农人，常常在挖地取土时就得了几个土罐，用老笼提了回来，随便丢弃在家里，遇到喜爱者就直接拿走了，在农家厕所用来垫脚的有可能就是半截子汉砖，给猪鸡喂食的槽子可能就是一节汉代的水槽。

汉罐是人们对汉代陶质容器的通俗叫法，不仅仅限于罐，还有壶，有奁，有钫，有鼎。无论造型如何，线条一律流畅，纹饰古朴无华，或许正符合了当初人们基本的实用要求，显现了汉人的精神面貌：纯真，好强，大气。

世人喜浮华，而我喜简洁。世人喜喧哗，而我喜清静。世人以觥筹交错左右逢源为乐，而我以此为大苦。古陶寂寂亦无言，我也没有好口才——这可能是我喜欢古陶收藏古陶的原因。人才普遍有口才，这就像我的一位才气逼人的领导，你能从会场上饭桌上他随意的即兴的调侃中看出他的智慧，这些话或幽默或铺陈或煽惑，听来很是一种享受。而这正是我深深自卑之处，和他们相比，我常常发现自己很木讷古板，有时一句话硬是憋不出来，有时想好的一句玩笑话，说出来却达不到效果，不伦不类，啼笑皆非。

我在我的书房营造我喜欢的空间，两个红木的书柜，排列着两壁好书，书柜顶上依墙蹲踞着一群大大小小的汉罐；两个红木的圈椅，简约厚重，脚下椅旁是几个硕大厚朴的黑色汉罐，里边可养鱼可插花可插字面卷轴，在这安宁和谐的气氛中，我从浮躁的生活中回来，可以平心静气地翻几页书。

好女如佛

好女如佛！一个好女人的贤惠对一个家庭的影响深及三代，公婆、丈夫和儿女。

一个女人真正长久吸引一个男人的，实际不是美貌而是她的精神气质，是她的善良、贤惠、忠贞、忍耐、血性，能分清孰轻孰重，长与远，大与小、缓与急的聪慧。

好女人往往在家族鼎盛时表现出来的是精明和贤惠，在家庭遭遇大的灾难和变故时立刻变得很强大，其勇敢和果断表现得比男人还有魄力和能力，传统女性身上母性的包容和潜藏的巨大能量这时被释放。她们有眼光看到：一个家庭和家族的希望和资金应该倾斜在诸如教育等一步也不敢耽搁的事情上。在一个家族兴衰的关键节点上，都是好女人们咬着牙根坚持下来，整个家族可能由此走向良性——人们不知道，一个庞大家族的背后，其实是女人掌握着走向。

好女人内心是纯净的，本能地排斥所有肮脏东西的侵入，如有洁癖。她们思想纯净阳光，一尘不染，社会上肮脏不堪的东西对她毫无侵染，她们对社会上拐弯抹角的事情总是不屑一顾。她们内心总是充满阳光，吃饭时，她们阳光地说：吃饭喽！上班时，她们阳光地说：上班喽！在她们面前，男人们经常自卑于自己骨子里弃之不去的忧郁。当世界上这么多的女人都在为了减肥而饿肚子的时候，好女人总是快乐地享受美食和美食的过程。她骨子里很厌弃烟和酒，她们经常把家里珍藏的好酒当料酒炒菜用了。

在一生漫长的日子里，好女人会把家打理得井井有条，整洁温馨，床铺整洁，窗明几净。在农村，你看早早起床打扫庭院，烧水热馍的女人一定是贤惠利落、神清气爽的女人；而爱睡懒觉，床上炕上邋遢窝囊的，这女主人肯定思想上也很龌龊，也可能是个不讲大理的“麻弥子”！

一个好女人的家庭是充满祥瑞气息的。庭院里是一定要种些长势蓬勃的植物的，因为它们的长势会给外人一种感觉，代表这个家族或者家庭的命运走势，更能让这个家庭的男人蓬勃地走动在社会上。

女人一生中有许多东西是被当成某种印记而存在的，比如奢侈品，它不仅代表一种曾经存在的高额消费，它更代表着女人生命中曾得到的宠爱和呵护，购买者的情谊，接受者的愉悦。再如钻石，属于典型的符号化商品，女人看重的是附加在商品上的象征意义。

好女人也爱她们的男人们，毕竟要和他们走完一生，虚情假意只是对自己的欺骗和不负责，爱他们、欣赏对方身上的性格特点和秉性也是对女人自己的滋养。人生漫长，好女人学会不计小

一個女人的精神氣質，至少影响着三代人——她要侍奉父輩，她要陪伴丈夫，她要教育兒孫。所以，一個龐大家族的背後，其實是女人掌握着走向的。

高建群插圖

节。一个优秀男人在一个不优秀的女人手中，会变得逐渐平庸而一事无成。

事实上绝大多数女性在三十五岁以后就变得不自信了。相由心生，一个人的相貌、表情、神态都是与心理活动息息相关的，一个内心萎缩的人他的外表肯定不会阳光，一个内心洁净的人她的面孔上有圣洁的光芒。自信不是别人给你的，而是你内心深处对自己的抚慰和安顿。

所以，好女人一定知道自己要有朋友圈子——这个很重要，许多女人一结婚就失去了自我，远离了朋友，整天被孩子和琐碎的家务裹挟，这实际上是与外界的自我封闭。这样，你的思想没有新陈代谢的平台，你的精神没有了独立的机会，你就慢慢庸俗了。这时，为家庭奉献了全部的你变得像一个怨妇，婆婆妈妈絮絮叨叨，而你的男人，他会毫不领情。

好女人少看电视多看好书。好女人不会看那些没有任何意义的泡沫电视剧，那是浪费生命。一项权威统计这样结论：看电视时间长短与社会阶层刚好相反。也就是说，看电视时间最长的是家庭主妇及低收入或者没有收入的人群，其次是工薪阶层，真正的这个社会的决策层和推动层、精英人物，他们是没有时间看电视的，他们是这个社会的推动者，影响着社会的进程，把握着单位的命运，他们在不断思考或者在补充提升自己，他们不会花费很长的时间去研究手机说明书，不会对怎样省钱而研究用哪一种手机卡。所以，把自己的一些时间拿出来看优秀的书或者碟片，腹有诗书气自华嘛。

在时间宽裕的情况下，好女人会和他们的男人、孩子们到处走走。古人说人生四个阶段：破万卷书—行万里路—阅人无数—明师开悟。这不是说真正要走一万里路，而是说一个人的见识对一个人成长的重要影响。孩子更是如此，从小也要让他见世面，这影响到他成人后心境是否广大，视野是否高远。

女人的福气其实都写在手上的，青筋显现的一生劳碌，白细绵软的命中有福。

总之，好女人会这样度过一生：平静、安宁、健康、快乐、阳光、纯净，甜蜜和幸福的感觉始终充盈她们的每个日子，没有大喜大悲对生命承受力的撕扯，没有悔恨和不可挽回的人生遗憾。

男人一生

男人一生中最轻松的时期是在他的少年时代，他们赤着脚上树掏鸟蛋、下河抓鱼鳖、偷东家杏西家的桃，他们在阳光中在风中奔跑。奔跑的过程中骨骼在拔节，身体开始悄悄地长出胡须等各种茸茸体毛，这让他们朦朦胧胧中莫名兴奋，同时对自己的身体充满敬畏，这是他们最早对生命的感受。

未进入青年时期的男人总体上也是快乐的，他们已经发育成熟，他们满足于自己的肌肉和挺拔的骨骼，并且已经有心事悄悄体味和了解自己身体的各种反应和需求。在这个时间段里，他们的身体前所未有地渴望着异性，这种生理上的强烈需求在男人的一生中达到最高点，然后回落延续到男人死去……

青年时期成为男人一道坎，过了这道坎男人的人生就告别了轻松进入艰难。上有老，下有小，在外要打拼应酬，在内要照顾，他们在社会上以各种方式走动，并不断调整自己，被磨砺和磕碰得世故圆滑，抛弃掉血气个性学会妥协和屈从。这可是他们少年时代最看不上眼的秉性呀，但是他们最终都慢慢趋向于此并付出代价，腰佝偻了，牙稀松了，脸皮松弛了。

在漫漫一生中，男人一般不屑于一些小事情。他们洗脸很少用肥皂，嫌麻烦，怕费时间。他们常常躺在沙发里抽一支烟或打一会盹儿也不愿意多洗一会手帕或脸，所以他们的脸边耳后很肥沃，宜于种瓜。他们怕洗衣服，所以在买衣服时已考虑好了衣服的颜色，不知耻地说道："这种颜色耐脏。"丧妻或未娶的男人们为自己的脏创造了理由并赚取了人们的怜悯。比较讲究的男人洗衬衫时也只是在领子与袖口上花费时间，其他部分一概省略。

洗澡对于男人们来说是一种苦难，苦难不在于洗澡的本身，而在于洗澡的脱脱穿穿，换换洗洗。男人们宁可穿着脏衣服视而不见，自欺欺人，也不愿换下一大堆衣服后后悔，忧愁地说道："天爷，又是一大堆。"有洁癖的男人较少，并且往往被认为不正常或没有男人味。男人味就是臭袜子味、酸汗味、烟味的混合么？男人们的懒加上他们的聪明就创造了许多一次性的用品，如一次性碗、筷，一次性袜子及内衣。

男人们在单位绷紧了神经活人，讲礼貌、讲卫生，谈吐儒雅，察言观色。为了自己的仕途和公众形象而压抑着自己。一回到家，从走进自家的门口踢掉鞋子，他们便彻底地松懈下来，还原来面目，撕掉了斯文的面具，直着脖子骂娘，骂糊涂的上级，完全没有了公共环境下的修养，末了便盘腿坐在沙发上，边吸烟边放屁，他们毫不顾忌，理直气壮地像回到自己的王国，他就是君王。再有修养的男人们也不同程度地把家理解成一个用来放松、休息的去处，所以他们极不情愿地与自己的女人一同劳作（愿意劳作的男人们只不过把共同劳动当成了另一种休息罢了）。这种心态从他们把每月的工资放在女人的手里时就滋生了。

男人们丑陋的贪表现在权利与美色上。男人一生之中很难保全一个道德的完尸，他们对女性充满本能的欲望，他们用自己的知识、观念、道德感等抽象的东西紧紧地禁锢着自己的身躯，并时不时紧一紧绳索。

在感情方面，他们总从内心里去表现出不同程度的不满足，程度的大小与他们接受的文化、教育、理智有关，真正的满足不可能是持久的。他们很不珍惜自己拥有的一份，他们愤世嫉俗地骂着：好女人都不灵醒，叫猪们哄走了。但是假如他们真正拥有了暗自钦羡的某位，他们会表现出同样的不满，而自己的女人这时由于距离的增加又使自己暗自钦羡，距离产生了美感，他们擅长于在这种人为的空间里制造一种神秘的氛围。这，就是他们与生俱来的秉性。

男人们一聚堆，三句话后话题肯定脱离不了女人。如果两个男人待在一起一直谈人生谈理想而不敢无所顾忌地谝女人，那么他们的关系就不铁，说明他们互相保持距离和戒备。这，好像已经成为一个真理。

在这个良莠不齐的男人群里边，没有不想作帝王的，没有不想显赫终生的。但是，失意的毕竟是大多数，一个三十多岁的男人在社会、人生的泥土中挣扎一番，事业上磕磕碰碰，内心里多少有点失意。那么他们就寄希望于儿子，儿子是自己的复制，儿子是自己的延续，他们欣赏着自己的杰作，猜测着儿子与自己的相同与不同。他们这时多少有点淡泊和超脱，心宽体胖，所以这个年龄段的男人易发福。

随着儿子的长大，男人们又轻松不起来，除过经济上的他们在感情上也出现了危机感，以前一心一意侍奉自己的女人把爱转移给了儿子，一个十二三岁的男孩已经对父亲的节俭、谨慎、世故表现出了极明显的不屑、不恭。他们在母亲面前很懂事很聪明，愿意与母亲谈心、戏弄，而对父亲主动的近乎却表现出了隐隐的敌意，他们当着父亲的面与母亲百般亲热，对父亲视而不见。用父亲的话评价：那熊牛皮哄哄的。这时做父亲的也多少泛出一点醋意来，趁着儿子的单薄和经济上的不独立，时时地压制他、训斥他、贬低他，儿子也极端仇视父亲，他们的感情此时处于低谷。这种现象从根源上解释乃是原始的争雄心理，正如婆媳之争的根源是儿子感情的大转移。

随着儿子的成长和自己的衰老，父亲们愈来愈失去了驾驭儿子意志的能力。儿子经常赤着上身凸着肌腱从父亲面前煊煊赫赫地走过，是对父亲的煊示和挑战吧？对父亲的劝告、建议不反驳，也不听从，不反驳是尊你为父，不听从是我有自己的头脑。有一天竟引回自己的女友，这无疑在宣布：我已成为男子汉了。父亲们在伤感之余感觉到了老境将至。

这种情景持续了几年以后，年轻气盛、壮志凌云的儿子们在社会上磕碰得成熟、稳重起来，很累地活在母亲与自己女人的夹缝中，反过来却有点佩服起父亲来。这时，他们很愿意接近父亲，两人时常默坐、无言，喝着同一杯子的茶水，抽着一盒子香烟，商讨着某一重要或者无关紧要的事情，即使无言，生命的哲味很浓重。

这就是男人们的一生，充满屈辱、压抑、波折、欲望、失意和遗憾，可能有一点点成功，但是那远远不是男人们所希望的。

很暖的冬天，老男人们蹒跚着走出来，很笨拙地抬头望着太阳，然后觅一向阳的残墙，三五个一伙玩简单的游戏，忙碌奔走的年轻人生龙活虎地从他们身旁走过。这时，就有儿子的儿子们挣脱母亲的手跳跃到他们怀里揪他们的胡子，他们这一老一小没大没小，任意玩笑，在厕所比赛谁尿得远，互相哄吃骗喝。

榜眼府

古城西安北院门，清真小吃街，游客摩肩擦背，市井之声鼎沸……在这热腾的人间烟火气中，一处青砖古院落静隐于闹市一侧，大红灯笼下，青砖门檐内，一座古民居默默伫立四百年。

这座被人们称为“高家大院”的三院四进式砖木结构四合院，始建于明朝崇祯年间，距今已有四百余年历史，是清代榜眼高岳崧的故居。高岳崧祖籍江苏镇江，清同治十年参加科举考试，被皇帝钦点榜眼，得御赐“榜眼及第”牌匾。从明崇祯十四年至清同治十年，高家本族七代为官，是西安历史上有名的七世官宅。

高家大院总占地面积近九亩，是西安古城内在原址上恢复、规模最大，保存最为完整，历时时间最长的一座官宅大院。

整个院落为三院四进式，完整保存客房、厅房、厢房、正房、书房、花园、祠堂、私塾、戏楼等不同功能的房间。院内方正对称的格局，尊卑有序的空间，浑厚敦实的风格，闹中取静的院落，隔绝尘嚣，自成一方天地，是中国古代精美建筑艺术的直观展现。

大院大门为生漆木门，拴马桩立于门侧，门楼砖雕及房屋的木质构件刻花精细，具有典型的地方建筑装饰艺术风格。两个门墩上的浮雕是麒麟蝙蝠梅花鹿等吉祥动物，过厅的房门上刻有牡丹、梅花、宝剑、方鼎，上房的门首则为“梅兰竹菊”四君子。二门及其偏门上的砖雕，虎头瓦当、雕花门窗精美异常，古韵四溢。所到之处，“迎紫”“静远”“凝瑞”“在中堂”等匾额，画龙点睛地透露出身居高位的独特品位；还有客厅、书房及庭院中一幅幅楹联尽显书卷气：“智欲远而行欲方胆欲大而心欲小，正其谊不谋其力明其道不计其功”“与有肝胆人共事立身立业，从无字句处读书明理明心”“重德若树养心若鱼，束身以圭观物以镜”“谈心直欲梅为友，荣膝还当竹为石”“晨兴理荒秽心远地偏聊寄武陵意，戴月荷锄归夕露沾衣顿生桃源情”……

据介绍，明清时期是我国古代建筑体系发展的最后一个阶段，其设计和技术方面都已臻成熟，而这一时期的民居建筑形成了古朴典雅、庄严硬朗的风格，叠砌考究、雕饰精美，在细节上精益求精，体现了我国古代人民的劳动智慧和无穷的艺术创造力。由于种种原因，相比山西的乔家大院、王家大院，北京的四合院而言，陕西的大院民居建筑少的有些可怜。现今陕西的古代民居建筑保存的比较完好的民居建筑只有西安高家大院，旬邑的唐家大院和三原的周家大院等几处。高家大院能从院落从房屋结构及室内家具陈设都完整地保留下来，这样完整的院落如今已很难见到。

高家大院的主人高岳崧于同治十年参加科举考试，一举中第，在殿试上被皇帝钦点为榜眼，自此入仕为官，福泽一方百姓。为了让广大游客对科举有一个更加直观的了解，正视科举制度，汲取科举制度所提倡的平等精神，高家大院内设立了“聚焦科举文明”展览，以文字、图片加实物的展示，还原了科举考试艰辛历程与考中之后的无限荣光。

科举制度从隋朝大业元年（605）开始实行，到清光绪三十一年（1905）举行最后一科进士考试为止，历经一千三百余年。延续了千年的科举选官制度对中国古代儒家经学、文学、史学等传统科目以及对当时的社会制度等都产生过深刻影响。科举考试所创设的公平竞争机制及其彰显的平等精神，是华夏民族智慧的结晶，也是科举文化的精华所在，因此，科举也被称为中国的第五大发明。

高家大院里的“聚焦科举文明展”展以高岳崧的科举经历为主线，重塑科举历程，展现科举文明。在榜眼府里观科举展，身临其境，方能体会在科举时代，科举及第在人们心目中的崇高地位，因此中国古代就流传着“家贫、亲老，不能不望科举”的说法。

古时大户人家都有着自己的戏楼来唱戏宴客，高家也不例外。高府戏楼名为“大风唐”，既有“大风起兮尘飞扬”的气势，也有着巍巍古都的盛唐气象。目前高府“大风唐”戏楼主要演出陕西各类入选国家非物质文化遗产的节目，如华阴老腔、华县皮影戏等等。

华阴老腔，是陕西土生土长的地方剧种，主要流传在渭南地区的华阴市。据说早在西汉时期，华县是一个军事粮仓所在地，漕运直通当时的都城长安，逆水拉船时，船工为了缓解精神上的疲劳，也为了释放力量和情绪，就在劳作时一边喊着船工号子，一边用木块敲击船帮，这就是老腔的由来。

老腔在演唱时有一主唱，配以不同民间乐器伴奏。在主唱唱到最后两句时，便大吼一声，随之全台所有人都跟唱相和，激昂雄壮，气氛热烈，正是“众人帮腔满台吼，惊木一击泣鬼神”。

陕西皮影戏起源于汉代以前。皮影戏又名“灯影子”，是我国民间一种古老而奇特的戏曲艺术，在关中地区很为流行。因其戏演出简便，表演领域广阔，演技细腻，故而广受民间百姓的喜爱，经久不衰。

老腔和皮影都是国家级的非物质文化遗产，也是陕西向世界递出的两张生动名片。老腔震撼，皮影奇巧，两种表演都来自于民间，体现出这片黄土地上人们豪迈与细腻相结合的品质，淳朴悠扬，高亢婉转。

高家大院是西安在原址上保存最完整的古民居，更是七世官宅，传承非遗文化，弘扬民族精神本就是义不容辞的责任。在四百年的古民居中，看一场皮影，听一出老腔，去回望、去品味那融入血液中的质朴情感，熨帖我们那因劳碌奔波而风尘仆仆的心灵。

中国自古就被称为“衣冠文物”之邦，服饰文化更是博大精深，是中华文化当中不可或缺的组成部分。西安市高家大院内的古典服饰博物馆是西安唯一的一座古代服饰博物馆，集中展示了古典服饰的艺术魅力，是这个十三朝古都所孕育出的一朵独有的服饰艺术奇葩。

博物馆的藏品均为张义馆长收藏与设计，再现了明清官宦人家日常生活、礼仪寿禧、朝堂礼拜等场景的服饰艺术。馆藏涵盖织绣、玉石器、金银器、牙骨角器，囊括服饰、备料、织绣画、日用织物，堪称明清服饰艺术之标本大全。

品味馆中藏品，我们不得不由衷地感怀、赞叹我国古代服饰艺术之精湛，我们祖先生活品位之精致。它带给我们的不仅仅是美的享受，还有触及灵魂深处的感悟和启迪。特别是，当此精美的服饰术品置于四百年历史的高家大院，古院衬古饰，其境尤佳，其味尤浓，承载古代服饰的生活场景复活，使人有身临其境如在其中之感。在高家大院里观古代服饰艺术品，馆中建馆，内外相融，浑然天成，置身于此，将是一次独特的古代生活的时光之旅。

透过这馆与馆的相互映衬，古代生活的画卷跃入眼前，我们仿佛触摸到西安这座古都的历史脉搏，周、秦、汉、唐之遗韵也不再是一个虚幻而抽象的概念,而是可以感知和体味的审美意动。高家大院古典服饰博物馆呈现给观众的是一幅鲜活无比的古代生活图景，这里的每一件藏品都是有体温、有记忆、有故事的，它带给观者的是一次非比寻常的艺术享受，魂牵梦绕的生活向往。

结庐在人境，而无车马喧。一座四百年的古民居，隔绝了喧嚣与扰攘，沉淀出古朴与浑厚——家族，民居，老房子，老井，古树，榜眼府，灰砖，青竹，石狮子，屋檐，楼台，幽兰香，黄菊，鹩哥，与故人……

第五章

百像：行走的面相

有许多能人，他们的一生就像摆错位置的棋子，他们心态乐观、练达，充满才能和智慧，一身本事却常常要为柴米油盐熬煎，这就是他们的命。

一个鞋上粘着新鲜泥土的才气横溢的人，来到了这座不属于自己的城市，浑身不自在，挣扎着，还要保持自身的高洁……

还有一群人，他们是一股随时喷薄的能量，他们也许走过人生的低谷和寒冬，正在优雅地走进又一个春天！

“道长”李炳银

乙未年夏日，西安古城罕见高温，烤蒸数十日，加之城市车流拥塞，废气熏蒸，人群喧嚣，苦不可耐。一日得闲暇，烈日下欲寻一清凉处涤荡身心，遂往秦岭北麓周至楼观台拜访任法融道长，任道长与我交往亦有十年时光也。

车入楼观，道长早在庭院相迎，两月前卸任中国道教协会会长的他一身白衣，神态矍铄，气定神闲，目光超远，并不见山下人之焦躁气息。这一处午后安宁中，我们闲谈中涉及在北京文学界活动的李炳银先生。道长回忆说他见过，是同李彬一起来的。后来在北京飞机场因为待机，也曾偶然碰到。这一日临别，道长特别题字一幅《天道承负》，叮嘱我说，你和李炳银也熟悉，不妨交予他留念。我赶紧代炳银先生向任道长致谢！道长说“天道自然”，不必客气！

任道长说，道教教化的目的在于净化人心，使人心神宁静，好善乐施，济世利人，从而为社会和人们的和谐共处起到积极作用。这一教义，就是天道承负说。

他，李炳银，纯粹的关中汉子。国字形脸膛上保留着陕西农人的黑红颜色，厚道神情中显露出一种睿智、平易近人的神气。他 65 年前生于临潼县铁炉乡厨李村一个贫苦农民家庭。铁炉乡地处秦岭山脉东部，属于大河和大山之间的塬地，黄土深厚，干旱缺水，据考证很早以前也曾是莽苍的山林覆盖，是距离“蓝田人”、伏羲、女娲出生和生活不远的地方。

他 1969 年始在空军服役 3 年，1975 年上海复旦大学中文系毕业，先后在国家出版局、《文艺报》从事出版行政和文学记者、编辑工作。1983 年进入初始时的中国作家协会研究部从事当代文学研究活动。现为中国作家协会研究员，中国报告文学学会常务副会长、秘书长。全国报告文学理论研究会会长。他，把人一生最好的 40 年倾注于中国当代文学，特别是报告文学有关的深入研究之中，多次出任全国优秀报告文学奖、鲁迅文学奖、解放军文学奖等许多部委、省市和报刊的文学评奖委员，对中国报告文学的发展脉络，年景收获门精，自称“中国报告文学的管账先生”。

这一日，我拿着任法融道长的《天道承负》赴京，晚上与李炳银会长及同道几位朋友小聚。得悉李炳银会长近日在习书时突然的写下了“孤独是富”四个字。也许是因为天气酷热，也许是因为对价值的看淡。他解释说，自己一个人孤坐斗室，悠闲阅读书刊，清静思考生发，总还是个并不痛苦、彷徨、清寂的体验；况且，读书、思考似乎亦有所悟，岂不是一种孤独中的收益，是看似孤空中的一种富有呢!

席间，鉴赏道长的“天道承负”墨宝。说着说着就又说到中国的报告文学创作上去了。李炳银先生是当今中国报告文学创作中不可或缺的人物。我说，我突然就感到，炳银先生自称是报告文学的“管账先生”，这其实是个谦词，我看其实您是个为中国报告文学之道的守道人，布道者，开道者，称李炳银老师为中国报告文学之道的“道人”“道长”我看最为妥帖。没有想到的是，我此言一出，立即就获得在坐各位的赞赏，并认为非常的贴切，准确。有人立即就说，世上历来有“文以载道”之说，亦有什么“书道”（书法）、“画道”（绘画）等各种说法，将报告文学创作视为一种道义行为也未尝不可。听到在坐的你一言我一语的不断说道，炳银先生笑笑说，“看来将报告文学视为一种‘道义’对象也是可以的。我将近四十年接触报告文学，对这种文体有认识，有感情，也有责任作为，看来此生是很难割舍得下了。”

听了先生的话，我马上接着说：您是“道人”，首先在于您能“坚守正道”，几十载如一日，一直在为报告文学“正名”鼓与呼。多年来，甚至是现在，仍然存在对报告文学的特性缺少准确到位的理解，是您在不断地给报告文学以深入的理解感受和理论解释，这对树立报告文学的理论规范是很重要的。记得您就认为，报告文学是知识分子表达自己社会观察、社会感受、社会理解、社会认识和评判的一种很好工具和方式，报告文学在真实和虚构之间的一个空白的地带寻找自己的活动天地和巨大舞台，是在新闻因为匆忙和小说流于虚构的地方停留观察和思考表达的写作，是最吻合这个时代的文学形式。您还原则性地归纳：真实是报告文学的生命；现实是报告文学的平台；理想精神是报告文学的灵魂；文学表达是报告文学的翅膀。这些看法对报告文学创作就有很好的布道作用。

我清楚地知道，在不少“报告文学创作现状堪忧！”“报告文学后继乏人！”“报告文学作为一种文体已经死亡！”等等的诘问、责难，不屑、愤恨、嫉妒等各种态度和看法面前。炳银先生从来都是沉着、清醒和坚定的。他很清晰地知道现实报告文学创作存在的局限和不足，但是他认为，这些问题的存在是不能够归罪于报告文学这种富有时代和现实特性的文体的。如今的报告文学作家，其实远没有将报告文学这种文体的特性、能量、价值作用体现出来。报告文学的空间，场能是很强很大的。所以，在听到一些对报告文学的误解的时候，在几个场合，炳银先生都表示，自己要做报告文学的守护者、辩护士、推动者。

作为全国范围内报告文学的最热心读者，炳银先生总是告诉年轻的报告文学作家，我们现在身处一个难得的，伟大而磅礴的时代，我们的生活、人民、社会的深刻变革，都为报告文学创作提供了丰韵的素材，报告文学作家应该在这个时代写大书立大传。报告文学是可以为历史存真，为思想立传、为英雄树碑的，优秀的报告文学会是对人直接的校正，很有力量。一篇精彩的报告文学，因为真实和前沿的文化观念和科学眼光，足可以影响改变人们的社会感知和评判立场。不少精品的报告文学足以成为传世的经典，对历史和文学文化都有很好的价值意义，皆具备强盛的生命力量。

炳银先生足为报告文学的“道长”，还表现在他对报告文学作家不懈的选择和培养上。他在近四十年的报告文学研究推介中，几乎曾对现今的所有有成就的报告文学作家的创作作品发过言，为其呐喊和品评。他可以说是报告文学的权威鉴赏者之一，是很多报告文学作家的会心者和和蔼老师，作家们都很敬重他的人品、学风，乐意与他交流。他著述编书上百部，大多都和报告文学有关，报告文学就是他的主要文学道路经历和文学成果。

炳银先生曾说：优秀的报告文学作家，应该是一些有理想信仰，有使命精神和社会承担自觉意识的人，是那种勇于自己经历苦辛而成全社会和读者的人们，应该具有正确的价值观，思想文化丰厚修养，很好的社会人生阅历经验。他希望作家们不断地面对新的社会前沿问题，有大思考用于社会现实，在各个题材领域去作为。希望作家们越写越强大，越写思想越厚重，越写内容越丰富，对社会认识越深刻。

人生匆忽，白驹过隙！

2500年前，老子李耳骑青牛，出函谷关，留下五千言道德经，神秘西去。数千年后的今天，他的后辈，一介书生，赴京运笔，几十年鼓与呼，与一种文体建设，一往情深，缘分深重，把一生最好的几十年投掷其中，如今亦两鬓斑白。

青天亘古，黄土默言！从此：我将尊称他“道长”，报告文学之道的“道长”。

老子的这位后人也许前世是位正真的道人——他一腔热忱，两袖清风，坚守正道，承负天道，文以载道，坚信一种叫“报告文学”的文学体裁定有大的繁荣机会，更坚信其根源在于社会的进步，在于这种文体个性强大的动作空间，在于这种文体最吻合这个磅礴丰富的黄金时代……

席散，走上长安街，天安门广场上的莲花灯以及长安街上的华灯精美华丽，人群熙攘，一派和谐安宁气场。

我看炳银走在前边，手握一扇，汗衫飘拂，确乎有道长举止，似乎任法融道长的那幅《天道承负》已经点明。他就是一个几十年坚持走在一条大道上的道人，一位孜孜不倦提携、矫正、栽培后来者，充满悲悯救世之心的“布道者”！

张正的正

在我看来，张正有两个特点：第一是人如其名——拙朴中正；第二是气质深潜沉静。

初见张正是一次去秦岭深山的采风活动中，团队里俊男靓女众多，能言善辩者甚众，喧嚣热闹中，却见一人话少言谨，独坐一隅。他平静地透过车窗鸟瞰山水，他温和从容地言语应对。途中，席间，他总是慢慢地和你交谈，说着绘画，说着做人，说着人生的际遇，不急不躁，温温吞吞，如文火一样熬出一锅香喷喷的稀粥。你会发现，他不多的话语掷地有声，很有见地和分量，举手投足间透出沉稳、安静，散淡的气度。朋友介绍说此人乃著名画家、西安山水画院院长张正是也。几天短暂相处，彼此印象深且美好。回到西安，我留意到，行内行外的人说起他，都会一致评价：张正人好，画也好！

画是一面镜子。中国山水画是靠画家的知识涵养和人生体验而形成的感悟性的艺术形态，是一种主观生命与客观自然融合在一起的人格文化。文征明说：“人品不高，落墨无法”，是说笔墨直通人性和品格。笔和墨都是情感的记录，除了情感还透露着画家的个性品德和灵性，灵性体现人的趣味，决定画面的格调——人格学养在笔力、墨韵、章法、款印中的自然流露，是技术和人格的总和。

心神高远则笔墨自能深厚，心境旷达则画境自然高迈，此时，笔墨已不只是技巧，是心胸、禀赋、气度、积累的反映，是知识和才情的记录，更是人格的标志。

张正20世纪50年代生于西安，家学濡染，自幼喜爱丹青。1980年，张正师从著名山水画家崔振宽学习山水，深得崔先生扶掖；后又入西安美院深造，复得正源根基。此后数十年，张正潜心山水，心不旁骛。上追唐人之王维，中慕元人之王蒙，下模当代黄宾虹，日范近旁崔振宽。于山水一路，兼收并蓄，体味扬弃，几番经转，终成“弓”笔“长”墨，显出自家之气象。他从不愿意拉出前辈大师“扯大旗，做虎皮”，而是一直在自然造化中寻寻觅觅；没有见过他说什么“搜尽奇峰打草稿”的豪言壮语，而是踏踏实实地在画室作画，在野外写生。

后来，他又成立西安山水画院，集结中青年实力派画界精英百余众，赈灾义捐，访贫问苦，慰问子弟兵，向政府机关捐赠巨幅山水画作品，真是红火热闹。

张正的“静”，分为三个层面：净、静、敬。

净。当今画坛，良莠不齐，以花样为时尚，力求“开拓创新，引领时代”者不少，浮躁是必然结果。山水画家中更不乏笔墨贪奇，多造林丘之恶境，邪道笔墨，尽显峥嵘之野气。在这点上，张正的画却不同，他的画重蕴重藏重潜，不重张力和怪诞的表现力。观张正作画，你会发现笔法无论方圆、曲直、轻重、刚柔、干湿、浓淡、虚实，都用笔干净简约，意到而笔随，尽显中正气质。竹篱、茅舍、瓮牖、柴门、飞瀑、山雀、鸿雁……在张正的笔下，虚心静气，严肃深思，沉静内敛，干净铺展，各得其妙。

静。墨求“净”“静”二字，心灵静寂虚明，才不会为外物干扰。老子说：“静胜躁，寒胜热，清静以为天下正。”好的山水画既清且静，往往达到宗教境界，魅力永恒。在画坛喧嚣的当下，张正在他的画室里，“躲进小楼成一统”，屏息杂念，远离喧嚣，用元人之笔墨，运宋人之丘壑，于八尺案头，展现他的尺山幅水。至于外界的是是非非，他是从来不理会的。他说每个人都有自己的难处和隐情，至于他们的是是非非、恩恩怨怨，那只有他们自己才能明白。所以他隐去了情绪，舍去了浮躁，以寂寞为快乐，心底一片淡泊安静。

如此的修炼表现在画上，画也做到了静下来、慢下来、淡下来。那一桥一翁，一帆一亭，寒鸦点点，渔歌声声，似乎都能从他的笔墨中安静地走出来。那种静、幽、渺、深的山水意境，晕染，蒸腾，让人沉醉，引人归隐。

敬。清人张式在《画谈》中说：“学画当先修身，身修则心气和平，能应万物；未有心不和平而能书画者。”读画如见人，一眼便可明了。相反，观人也可推测其画，听言观行，画如其人人如画。

好画不是一下就能看完的，如果说宣传画是大声说话的艺术，中国山水画则是轻声地诉说，需慢慢地品味。张正深谙敬视传统，闲淡之下出好画的道理，个人修养追逐知敬、守静、心地简净的境界，所以张正作画，胸有丘壑，气脉不断，笔不困，墨不涩，元气安稳，笔墨脱俗，意境十分抓人，一不留神，就会陷入其中不能自拔。

“以书画安身立命，就应该远功利，散淡从容。特别是山水画家，离开这个喧嚣的社会越远越好，离社会远些，日后对社会的贡献会更大。”张正如此说。

好的山水画必须符合以下三个特点；一是诗性，即是说一幅画要见境界，表现境界历来是山水画的核心；二是文人性，即书卷气息。要有士夫气和林下风，即逸气，这是好画的品格；三是笔墨性，是说中国画要尊重书写规律和程式规律，强调用笔，而且必须是书法用笔。具此三条方称好画。中国画对画家有人文要求，要求“人”“文”双修。

张正的画院里人才济济，但是他经常告诫学生：要把自己提升成有文化的、有境界感的、有操守的人，才能进入中国画。

他一贯的方法是：一读书；二是重视书法；三是要常接地气，踏遍大山大河。

他说读书是画家的终生课题，读书决定画格，不做学问，画只见才情，难有境界，不肖于读书，只能是低层次的匠作。读书并思考着，反省并批判着，这才是真正的画家状态。

他说书法是笔墨的基础，书法决定着画家能走多远，书画同源，以书入画，千古不移。古之大家都有一笔好书法，进而用到画里，书法线条的表达使得画有了生命，有了感染力。

在科技主导的读图时代，不少最能画的艺术家中，画照片早已是常用的手段。对此，张正一直强调画家要“接地气”，一定要经常性地走出书斋，删减应酬，阅千座山，行万里路，才能胸有丘壑；感受山水真气，贯通心灵，笔墨才能润泽。

“爱好溪山为写真，泼将水墨见精神。兴来终南亭中坐，着意秦巴万物春。”黄宾虹是张正膜拜的前辈。黄老当年的一首题画诗，动几个字，正是当下张正之心境！

鹏翼扶风

高军鹏是当今少见的对传统对经典心存大敬畏的青年书法家。

他休闲加皮鞋的混搭装束下，却匿藏着一股尚古的精气神，这让我坚信他前世必是位苦修的高士，今虽被诸多俗世瓜葛困扰，骨子里却时时在追求精神的洁净和自在。这是我接触古城著名青年书法家高军鹏的深刻印象。

一个人行走一生，总会遇到一些人和事。佛曰：因缘。道曰：契机。在人海中劳碌奔走，一个人撞倒了另外的一个人，他们也不一定是有缘之人——因为他们相互道个歉，没能看清面容就彼此转身离去了，从此不再相见，抑或再见也不识。我与军鹏的交往偶然中也有必然，某年某月我从城市繁华一隅搬至安静的曲江池畔，众多朋友赶来暖房。临近中午，忽然三人吭吭哧哧抬着两盘名贵花卉闯进客厅来，进来不由分说选定地方放妥。抬起头来，方知是宝鸡名家王新江，新江老兄介绍说这分别是军鹏、王浩。三人皆满头大汗，两目热忱，一脸厚道。

文征明说：“人品不高，落墨无法”，是说笔墨直通人性和品格。笔和墨都是情感的记录，书法作品就是书者情感的“心电图”，以线条的形式直观地呈现了书家内心深处最真实的情感波动，不可重复、不可替代。书法的创作过程是抒情，是书家的胸怀、抱负、气魄和情感的爆发、奔腾、宣泄，心神高远则笔墨自能深厚，心境旷达则画境自然高迈，此时，笔墨已不只是技巧，是心胸、禀赋、气度、积累的反映，是知识和才情的记录，更是人格的标志。

军鹏大约是 76 年生人，生在古豳州紫薇山上庙巷细腰村，此地有大佛，佛脚下有大河。村里十余户人家，没水没电靠天吃饭，军鹏一家十四口住着四孔窑洞，夜里守一盏煤油青灯，过着日出而作日落而息的生活。军鹏儿时生性木讷，嘴笨体弱，经常站在沟壑边傻乎乎望天下，或看着牧羊人吼秦腔，在野地尿尿。

他儿时受舅舅影响颇深，当教师的舅舅有一手被村人称道的钢笔字。舅舅告诉他，字是一个人的门楣，从一个人的字里行间能看出他的德行。从三岁起，在外工作的父亲将军鹏带出山沟，随任职的单位到处流动。随后几年，先后到过河北丰润、勉西、侯马等地，直到梅七线建毕，一家人才算安居在距离耀县三公里的梅家坪。军鹏在梅家坪上完了小学、初中，高二弃上学当兵于甘肃临洮。部队的生活是枯燥的，也是快乐的，对军鹏来说最惬意的事就是临帖，临画。他用每月仅有三十四元的津贴买书买字帖，复员时装了满满的两麻袋。参加工作后军鹏得遇恩师阿翔引领，走上书法正道，阿翔从中国书法史、书法美学、当代书坛精锐讲起，为军鹏灌输了正统的、正确的书画审美理念。

“书，心画也。”汉代杨雄一语道破玄机，书法是心性本真的流露，是生命的诠释。军鹏的书风追求正大庄严的庙堂气象。他篆临《毛公鼎》《大盂鼎》，隶习《衡方碑》《张景碑》《礼器碑》《乙瑛碑》《华山碑》《张迁碑》，摩崖习《石门颂》《杨淮表》，兼习马王堆帛书、汉简，对清金农、邓石如、伊秉绶、陈鸿寿、何绍基、赵之谦诸家用功尤勤，行书以金农手札为本，沉迷甚久，进而上溯章草《皇象急就章》《出师颂》《月仪帖》《平复帖》、汉简《神乌传》、魏晋草简、明宋克《急就章》、元杨维桢手札诸帖。楷书以钟繇《宣示表》、王羲之《曹娥碑》及北魏墓志为法。经常习读大家名作，无异于在艺术的道路上与高人同行，历经以上磨砺汲取，军鹏作品始得奇崛朴厚，古意盎然。

军鹏一直走在朝圣的路上，几十年来未停歇。他说：“浩瀚的书学经典、碑帖精粹令我深深折服。我只有敬畏和膜拜。吾非上智，信圣言量，熟读经典，心存敬畏，赤条条来去无牵挂，一任他芒鞋破钵随缘化……”其深爱书法，敬畏经典的心迹可见一斑。

书法的学习道路是艰辛的，更是公平的，张芝的“池水尽黑”、智永的“铁门限”、怀素的“笔冢”无一不是激励军鹏前进的动力故事。在每月只有二百多元学员工资的情况下，他常年征订了《书法导报》《中国书法》《书法》杂志，常常坐四个小时的火车去书院门购书买纸，曾经没有回家的车费向书店老板赊账，曾经从书院门徒步走到过火车站，曾经为了买一本书攒钱啃一个月的干馍，曾经因为一本好书下夜班后饕餮攻读到凌晨……

天道酬勤，耕耘有报。高军鹏2008年、2009年连续两年作品入展中书协单项展，在全国、中国书协、西泠印社、中国书法艺术研究院、中华全国总工会、中国铁路总工会等举办的重大展览中获奖、参展二十余次，其作品及论文散见于《艺术界》《中国铁路文艺》《当代书画》等媒体。他自己也成为中国书法家协会会员，陕西省职工书法家协会理事，西安铁路局书法家协会副主席。

书法有了成绩的军鹏其实一直研习中国传统山水画。书画同源，书法是笔墨的基础，书法决定着画家能走多远，以书入画，千古不移。古之大家都有一笔好书法，进而用到画里，书法功底深厚的军鹏，起点就很高，书法线条的娴熟表达使得他的画一起手就有生命，有感染力。

军鹏骨子里有一股傲气，更有一股义气，所以周围欣赏他看好他的同道朋友很多。他们在不同的地点走在同一条路上，保持着一定距离，却远远地观望，因为他们有共同的价值取向和目的地。一生中有几个相伴赶路的人，亦属上天厚爱。

世间之事，皆有定数，得得失失，终极公平。痴迷写字的军鹏就遇上了画工笔花鸟的范靖妮，经历了坎坷，迎来婚姻和事业的坦途，花开富贵，百年好合。

画工笔花鸟的范靖妮喜欢宋画的雍容大气，她一边要忙自己分内工作，一边要相夫教子，作画乃闲暇之坚守，每幅画往往落笔夜已深，实属不易。

范靖妮屡屡办展，引起业内关注。专家评价范靖妮的画是“禅心润彩，瑰丽绽放”。我曾经看过范靖妮的《火焰花》和《无相颂》。火焰花又叫无忧花，长着深红色的花瓣，边缘有一圈金黄色花纹，释迦牟尼生于此花树下，火焰花遂成佛教中的圣洁之花。《无相颂》却是画孔雀的，她画出了孔雀鲜活的生意和生命，在宁静中有栩栩如生的势态，也有展翅欲飞的逸姿，表现出了墨彩气韵和雍容华贵。《无相颂》的名字来源于《六祖坛经》，坛经中所有的偈颂，都被称作无相颂，这样看范靖妮的孔雀，更有了一层深意。

远古时，有大鸟叫鹏，鹏之背，不知其几千里也。怒而飞，其翼若垂天之云。这个翼，对军鹏来说，就是范靖妮。

她气质仪态恬静娴雅，不急不躁，从容自然，心如止水，我在这一幅幅画中看到了这颗平静而聪慧的心。

鹏翼扶风，是我对他们夫妇的祝福。

土门公社的女主人

小时候，鄢小珍努力学习的梦想就是走出大山，不当农民。现在，她所有努力的目的却是为了当个合格的职业农民。

她创建的“土门公社”抵制“现代化”农业，提倡施“粪肥”，反对用“化肥”，抵制各种农药。比如她养鸡是采取散养的特别方式，每次将一万只鸡仔赶进深沟里，一少半会被野兽吃掉，或者变成真正的“野鸡”，其余的鸡都是站在树上睡觉的。

鄢小珍的家以前在深山里，叫土门公社，小时候家里很穷，父母都是农民，家里姊妹五个，她排行老三，9 岁开始上山放牛，大家叫她“放牛娃”，贫穷却开心。初中毕业为了减轻家庭负担帮弟弟妹妹攒学费，小珍主动放弃了上高中的机会，走出大山，到西安一家皮鞋厂打工，那年 17 岁。这一切又成了她的人生财富，让她学会了知足，懂得了感恩。

城市生活是她迷恋的，财富也是她做梦都想获取的。后来，七年农业机械销售的经历让她赚到了钱，更让她视野大开。但是，她在城市里找不到自己想要的生活和幸福。她经常看到一些食品安全的新闻，一个月迅速长大的鸡，用有毒调色剂泡制的食品，以及身边人不断出现的怪病让她心惊……小珍经常悲悯地想：污染最严重的其实不是城市的环境，而是我们的身体。

她认为：社会上出现的怪病与环境有关，现代农业化肥、农药和除草剂用得太多，许多年轻人生娃有问题。她感叹说：早些年，一些昂贵的东西变成免费的东西，被充了公，现在，一些免费的东西开始变成奢侈品，就算你有钱，也大多买不回来了。

2014 年她回到家乡，看见家乡的年轻人越来越少了，土地没人种了，村子成了名副其实的“空心村”。如今的村庄和麦田，飘着一种阴翳、清冷的气息。

“农村空心化，务农老龄化，明天谁来种地？”

“民以食为天，都不种地，未来我们吃什么？”

她的心被强烈的乡愁纠结着。以前，她的记忆里，田地里跑动着野兔野鸡，村庄的牲口多，猪羊鸡狗猫兔满处跑。她决意回到生养她的大山中去，天人合一。其实，她销售的农业机械让她从心底唤醒了对农业的热爱，对土地的迷恋，这七年时间也让她累积了一些关于农业方面的经验。

她高薪聘请农业大学的专家给家乡的土地“号脉”，发现大片的土地糟蹋、板结、微生物失衡。她下定决心要自己种一片地，把村民闲置的土地承包来统一种植。

三年前的炎夏，她注册了一家新农基农业开发公司和种植养殖专业合作社，她创建的“土门公社”抵制“现代化”农业，提倡施“粪肥”，反对用“化肥”，抵制各种农药。公司的定位是：为城市打造绿色厨房，为农村架起致富桥梁。

她一家一户找村民做思想工作，有时谈到深夜摸着黑深一脚浅一脚回家，费了好大的劲才把合同签订了下来。合同中明确要求农户种植时不使用除草剂、杀虫剂、化肥等这些公认的致癌物。

小珍给村里的贫困户提供优质品种的黑猪仔，不打抗生素、不添加饲料，不喂食化肥，让村民按照传统饲养方式来喂养，并签订了回收协议。

小珍还在一个快被人遗忘的山谷修盖了二十余间茅草屋，创办了“土门公社”大食堂。十间房作食堂，十间作民宿客房。也许大地才是一种真正的安神药品，在这里，山谷的夜晚黑得彻底、纯净、安宁，住在土门公社的民宿里，地气就从土地最深处慢慢地渗出来，草木在夜晚也散发着清芬。她在一个三面环水的小岛上承租了农户两百多亩土地作为“土门公社自留地”，种植核桃树，树下散养鸡，种时令蔬菜，西红柿不催红，黄瓜坚决不打药，不使用膨胀剂。

她在洋芋沟流转了两千亩山林，林下放养两万只芦花鸡。今年开春，看着地里日益增多的白花花的土鸡蛋，她既高兴又发愁，失了眠。突然有一天，她产生了一个想法，建一个网络销售平台，利用网络的力量，把鸡蛋销出去？她开了一家微店，将鸡和蛋拍成照片发到网上，呼唤城市的朋友们前来拣鸡蛋。这一招真灵，城里的游客接连不断地带着小孩前来捡鸡蛋，大人小孩都乐在其中。被割断与自然的脐带，是多数都市病的根源。随着游客们口口相传，来“土门公社”捡鸡蛋的人越来越多，订单也慢慢多了起来。

土鸡、土鸡蛋、大豆、稻谷源源不断进入城市里，休闲农业＋乡村旅游＋电商平台，让大山中的好产品走向城市。绿色、生态、健康、融合、共享，是她的理念，原汁原味原生态，是她的追求，打造一方远离闹市的清净之所，是她的愿景，为当地带来更多就业、及配套服务的发展，是她的目标。

她的想法很简单，就是想为大家提供天然、健康、绿色的食材，想让旧时那种原生态的味道不要逝去，让每一位来到土门公社的客人都能重新感受过去那美好单纯的岁月。

她号召村民们将自己家里的土鸡蛋、野菜、香椿以及游客喜欢的其他农产品都送到“土门公社”。往日的春天里，村里的大婶大妈都在家打麻将、晒太阳，土门公社开业以来，大婶大妈都去地里挖野菜了。

承包土地直接付给村民租金让村民有了收入，同时，她雇佣村民在承包来的地里进行种植养殖，付给他们工钱，也解决了一部分人的就业，增加了收入，脱了贫。她暗下决心，要与乡亲们一起打一场脱贫攻坚战。

很快，成效来了，村民不用出外打工，腰包也鼓起来了。许多在外打工的土门年轻人纷纷返乡，曾经的“空心村”也蜕变为远近闻名的生态公社。“土门公社”目前直接用工上百人，更多的村民加入到合作社来了。“公社”发展了，群众不用外出，在家门口用自己的双手脱贫致富。

“以前村里的年轻人不读书也不找工作，上午都在睡觉，下午才陆续起来，打牌喝酒吹牛。”加入合作社后，村里年轻人的变化，让村支书吃惊“早上就到养殖场了，肩挑手扛的，原本一个个白白嫩嫩，现在晒得比我还黑。”

县长来了，副市长来了，农业专家来了，农业专家高度地评价小珍走在了“趋势的前边”，盛赞土门公社是“一种超前的生态农业模式”。“名气”渐大的小珍还参加了全国农场主首期培训班，学习了“一号文件”，知道了“绿水青山就是金山银山”。

她又听到好消息：政府通过选聘高校毕业生充实到农村基层组织，解决村级班子年龄老化、结构不优、学历偏低、能力不强、活力不足等问题。

她对内心的索求远远大于对现实的索求，她以回归的形式在人群的边缘观察，清楚地看到社会上大部分人的问题和危机。在城市里打拼十几年后又走回原点，在这个小时候长大的山沟里，她注定要经历很多很多的艰难困苦，也要经历心酸和甜蜜。但是她想，一份付出一份收获，她对未来充满信心。

她忽然明白了，自己喜欢乡村，其实是因为一定程度上它不变，呼应了内心深处关于永恒的隐秘期待……

磨镜人苏学军

苏学军个头不高，身上却藏匿着一股大的气场！这是初次见面时被我强烈感受到的。

学军的老家在渭北，以前出过刀客的地方。

骨子里像刀客的学军来城市打拼已有二十一载，起初不易，一九九七年学校毕业，在环城东路的一个热力管网改造的工地上班，每天迎着晨曦，骑着二八大驴，去小东门工地上班。扛着仪器，跟在师傅的屁股后面行走在深深的沟槽里，测平、放线、砸腰桩，每天弄得灰头土脸依然激情不减。对于一个刚毕业的毛头小子来说，这个城市的一切都是新奇的，他对未来充满了无限的憧憬。这么多日子里，他辗转鲁家村、黄雁村、丁白村、郭杜镇，办公与居住数以其所，凭借自己的勤奋、厚道、耿直和不屈不挠的钻劲，终于圆了儿时梦，成了“城里人”，目前，事业更是不错，人气勃旺。

但是，让我时时思索的问题是——身在喧嚣城市的学军，为什么要数十年如一日地磨制铜镜——这个被快节奏时代摈弃的工艺和物件呢。

青铜是铜和锡的合金，锡含量达五分之一。青铜做成的镜伴随人类生活已经四千多年了。以前，铜镜伴随着人的一生，孩刚出生，家人为保平安，会做有一面小孩手掌大小的铜镜挂于小孩胸前，以求平安。等到结婚时，夫妻二人会共同拥有一面象征爱情的铜镜，这面镜子将伴随他们一生，一方亡故时，会将镜子摔成两半，陪葬一半，阳世留一半，阴阳各半。等到另一方亡故后，两块破镜始得重圆。日常生活中，人们赋予了铜镜极高的社会附加值：镇宅、纳财、延年益寿等功能。但真正传世的完整镜子极少，今天所见到的铜镜大多是“冥器”，放在博物馆、展厅等公共场合尚可，若放在家中，其“阴气”过重，这也是学军做镜子的初衷。

铜镜一般制成圆形或方形，其背面铸铭文饰图案，并配钮以穿系，正面以磨砺光亮，可清晰照面。《尚书》《国语》《庄子》等先秦著作中，提到过古人“鉴于水”。《说文 · 金部》释“鉴”为“盆”，因此可以说盛水的盆（鉴），就是最早的镜子。随着合金技术的出现，开始了使用铜和锡或铅等制作铜镜的历史。商、西周和春秋时的铜镜，都有零星发现，战国始盛行，产量大增。到汉代，由于日常生活的大量需求，加之西汉中叶经济飞速繁荣，铜镜制作产生了质的飞跃。所制铜镜工艺精良，质地厚重，镜背铭文、图案丰富多样。隋唐铜镜，较前代又有了新的发展，在铜质的合金中加大了锡的成分，质地上就显得银亮，既美观又适用。

造型上，除了继续沿用前代的圆形、方形之外，又创造了菱花式及较厚的鸟兽葡萄纹镜,且把反映人们生活和人们对理想的追求、吉祥、快乐的画面应用到镜上，如月宫、仙人、山水等。铜镜装饰上出现的新形式、新题材、新风格，使铜镜进入富丽绚烂的时代，体现出艺术样式和艺术手法的多样化。直到明代末期，开始有以玻璃为镜子的。清代乾隆以后，玻璃开始大兴于民间，但是直至民国初年，少数边远地区还有以铜为镜子的。

上古的镜，它的质料包括金、银、铜、铁等，以铜最为多，也有鎏金银的、背面包金银的，或镶嵌金银丝的。学军做镜子不加铅，因为铅虽然流淌性好，易于浇铸，但铸出的镜面发乌、发暗不亮。

学军爱镜，这种情结让他辛苦，也让他享受。一面青铜镜，从制模到打磨成功历时七十多天,大约要经历一百三十多道工艺，大致的制造流程为：制模—打范—烧范—融铜—浇铸—打磨，每面镜子都是严格按照传统工艺进行手工制作的。制镜时一个“模”只能做一面镜子，所以有了“一模一样”这个成语，原意是指一个模子一个实物，现在被引申为两件完全一样的器物了。

学军常常自诩为“都市镜匠”，这是他自谦，其实他的范铸工艺已经超越了“匠”的层面，是当今公认的最佳铸造工艺，制作精良，形态美观，图纹华丽，铭文丰富。镜子虽然精美绝伦，但学军有原则，从不卖给文物贩子和造假文物的人“做皮”充旧，以欺后世——这亦是他做镜子的发心。

学军的镜坊在老家白水——这是能让他心魂栖息之所。早期的镜坊虽已注册为公司，但他仍习惯呼之为镜坊，好像颤声呼叫孩子的乳名。

学军的前世肯定是古代著名的制镜人，要么为何这样数十年锲而不舍地浸淫纠缠在此呢。

早晨闲暇，从城市中脱身的学军又回到了镜坊，似乎回归到了幽远的远古时代。他换上袖套、围裙，静心屏气，收敛心境，开始磨镜子了。站在案子前，眼光灼灼，手臂在有节奏地摆动着锉刀，尽管幅度很大，力量很猛，然心却沉静，几乎没有了往日待在城中的丁点浮躁。他经常思索，手中的这枚小镜，在日后的岁月中，不知要为多少妇人增姿添彩。

一镜虽小，却可千古。

所有的世事、人事，在镜子面前只是匆匆过客，所有的风云涌动，在镜子面前只是幻影。

其实，刀客性格的学军，胸中却怀有诸多柔软的情怀。每每磨镜,他都将手中的这枚镜子视作将要送给自己心仪女人的圣物，不自觉地就将他自己熔了进去，亦将他的心意融了进去。

这样，他手中这枚打磨了多少日夜的汗津津的青铜镜子，附着了他的磁场和能量，在亘古不老的岁月里，不知要传递到谁的手中……

三个女人

20世纪的七八十年代之交，位于绿树掩映中的西安市西南城角附近的西北大学校园里，七七级历史系的三位同班女生。一个美丽多姿，一个文静温婉，还有一个敏感聪睿。

吴琪是校园中大家瞩目的美丽的校花，钟晶晶是叱咤风云的校园诗人，陈若星则是全天候宅在图书馆中看书做笔记的女书生。

三位中，吴琪稍大一些，陈若星排二，钟晶晶是最小的小妹妹。2017年2月，三位同窗姐妹迎来她们的毕业三十五周年。

一直在微信中相互交流的她们，和七七级历史系的其他女同学们，拥有着一个名为“山水间”的群，时不时地，她们会把当年一起合影的照片晒出来，一起回忆起同窗的日子。

当年，在景色秀丽的西北大学校园中，她们如饥似渴地汲取知识和学问，滴水穿石般地勤奋苦读，无一日不早起，无一夜不挑灯；当时，她们在班会、系会，和迎新晚会上唱着“再过二十年，我们来相会……”当时，她们梳着垂在双肩的小辫，扎着高高的马尾，穿着素花的上衣，蓝色的裙袂飞扬……

毕业后，她们各奔东西。

美丽的吴琪，因为一次机缘巧合，嫁给了深爱她的英国长城探险家、作家和长城保护的提倡者和行动先锋威廉·林赛；陈若星，则度过了一段艰辛的人生岁月，父母和自己先后罹患重病，在这一过程中顽强地以一己之力将嗷嗷待哺的幼子培养为品学兼优的医学博士，还在自己的努力下使一家濒临破产的报社起死回生；钟晶晶，将她敏感聪睿的性格贯注到了文学创作中，写出了《战争童谣》《拯救》《我的左手》等一系列独具特色和韵味并颇受好评的文学作品。并不短暂的三十五年，说起来真是有些漫长。

三十五年中，三位同窗姐妹花，将深入于她们骨髓的中华优秀传统文化特质，在各自的生命中发挥到了极致，一点一滴地渗透进稠密而绵长的岁月之中；爱心的力量，勤奋、坚持、坚韧、包容的品格，让她们在每一个日升月落、晨昏朝暮的日子里，无论顺境、逆境，都永不言弃，手不释卷，笔耕不辍，在书香的氤氲中度过每一天……

三十五年来，三位同窗姐妹花，互励、共勉，取得了让人瞩目的成绩。

出得厅堂下得厨房的吴琪，与夫君威廉，成为了闻名遐迩的中英文化交流特使，获得英国伊丽莎白女王颁发的勋章，她家也成为北京十大书香家庭；吴琪主持的“林赛一家子”公众号，粉丝众多，是中西文化交流的一处水草丰美、五彩缤纷的园地。

无比坚强的陈若星，克服了人生中诸多困难，超越了重重困境，获得了全国道德模范这一最高国家荣誉，她的家庭获得全国五好文明家庭标兵、全国最美家庭称号；她的作品《苍茫时刻》和《夏花秋叶》《岭之南》《月照西城》，分别获得了冰心散文奖、中国城市出版社优秀图书一等奖、美丽陕西和丝绸之路征文大赛一等奖。

三人中最年轻的钟晶晶，先后获得解放军文艺奖、老舍文学奖、中篇小说月报奖、十月文学奖，入选中国小说排行榜。由她担任编剧的《陈赓大将》等电视剧分别在央视一套黄金时段和多个卫视频道热播。

光阴匆匆，毕业即将三十五周年了，三位同窗姐妹的人生，也走入了金黄色的秋天。她们感恩中华文化在她们成长过程中饱满丰厚的哺育;以中华文化的满满自信所滋养支撑起的丰满人生，使得她们每个人，都已然成为彰显和传播这种文化自信的使者。

（本文曾发表于《西安日报》2017 年 3 月 8 日，原标题《三种别样精彩》）

刘浩彬

我的朋友刘浩彬、刘浩博是叔伯兄弟，和我祖籍都在同一个村庄，现居西安。

刘浩彬长了一个阔大、气派的国字脸盘，浓眉凤眼，挺鼻阔嘴，一幅官相。身材也魁梧，脖子却短促，行事低调却难掩煊煊赫赫之势，举手投足很有气派。在任何一个场合，敏感人都感受到他的存在——他身上有一股撼人的杀气。

他的父亲是我们村子的骄傲，考上大学走出农村，一路扶摇，在宁夏青铜峡干了二十年的正厅级别，是党的十五大、十六大代表。20世纪80年代，身为高干子弟的刘浩彬却初中辍学，在社会上四处闯荡，成为父亲的耻辱。他开始做生意。最早的生意是往来宁县和陕西两省间做小批量的香烟生意，当时他和同伴从宁夏逃票坐火车到西安解放路，每盒一块七批发红梅烟，每次十条，回去后每盒三块七卖出，一周一趟，每月能赚八百元，而他正厅的父亲当时工资是不到二百元。当时，火车上严查“投机倒把”，他们托熟人要了一个火车过道上的钥匙，把十条烟放在过道上方平时放维修工具的一个狭小空间里。为了省钱，他们来回几天都吃干粮，逃火车票，睡在座位下，一次醒来找不到鞋子又舍不得买新的，便凑合着买了一双塑料拖鞋从西安返回宁夏。另外一次逃票被列车员半夜赶下车，他说记忆中很深，那是一个陕西和宁夏之间的小车站，所谓车站，只是大山深处一间荒凉的破房子而已。他蹲在这房子外边，听着野风呼呼啸叫，听着深夜大山里恐怖的鸟叫声，盼望同伴能顺利地保护十条烟到宁夏。最后，过来一辆向西的货车，身无分文的他又饿又冷，不管三七二十一就爬上去藏在篷布下，却发现篷布下还有六七个和他一样爬火车的盲流，在月光下他们脏兮兮的脸和神态就像一群野鬼。他说他胆子就是在那一夜突然变得很大。

他赚的第一笔钱很轻松，但至今对父亲深怀内疚。当时计划经济的背景里，深圳来人到青铜峡铝厂批发铝锭，希望刘浩彬当厂党委书记的父亲给批一百吨铝锭指标，他死磨硬缠父亲也没有成功，他便找到家属院的一位管生产的叔叔，背着父亲终于拿到批条。作为报酬，对方给他十万元，十沓十元面额的票子装了整整一麻袋，这钱让他惶恐不安——这是他赚取的第一笔钱，当时他十七岁。

有了本钱的他后来办了公司，同时开了宁夏青铜峡最大的火锅店，赚得盘满钵溢。他人义气，钱财大把挥洒，有了钱就呼朋唤友，有福同享，朋友聚集了一大群，在青铜峡地面上煊煊赫赫，呼风唤雨。这时，不谙世事的他受人引诱竟然吸毒，曾多次戒毒都没有成功，所有的亲戚和朋友都开始疏远他这个瘾君子，他到深圳的证券交易所工作，一个瘾君子当然得不到别人的信任。生命低谷中的他开始静下心来思索自己，下决心戒毒。在深圳工作四年时间，他硬是靠毅力戒了毒，赢得别人的信任和尊重。他的寝室墙上留下了他与毒瘾抗争的血的痕迹……刘浩彬是我见到的唯一靠自身的毅力戒毒成功的例子，他被医生认为不可思议，被戒毒所当作成功案例宣传，对这段不光彩的经历，他毫不避讳，坦荡地希望我也写出来。

2005 年他父亲离休，回西安定居，浩彬和父母回到西安，在城墙里办了一家火锅店，装修耗资巨大，人气却清淡，赔了百万，终于支撑不下去。他的火锅店厨房是我见到最干净的厨房，为了保证口味质量，用的羊肉是从新疆专门运回来的，这样就比本地羊肉贵了几倍，但是他坚持这样做，并且，他从不把火锅泔水油卖给不法商贩，坚持倒掉。

刘浩彬的酒量极好，从不见醉。我曾见他一人喝完两瓶高度白酒还能平稳地开车，他平时开车风驰电掣，喝了酒却开得极稳当。他义气、孝顺，很重情义，他的一位好朋友 1999 年意外死亡，每年朋友的祭日，刘浩彬都要单独待一整日，追溯岁月，买来鲜花祭奠这位朋友。

他好口才，国家大事、逸闻趣事，随口拈来，在任何场合都能成为中心，在歌厅酒吧里，他的口才得到最大的展示，一会河南话一会山东话，荤素全来，几个口齿伶俐的服务员也不是对手。

人才普遍有口才，这就像我的一位领导，你能从会场上饭桌上他随意的即兴的调侃中看出他的智慧,这些话或幽默或铺陈或煽惑，听来很是一种享受。而这正是我深深自卑之处，和他们相比，我常常发现自己很木讷古板，有时一句话硬是憋不出来，有时想好的一句玩笑话，说出来却达不到效果，不伦不类，啼笑皆非。

他身上有吸引异性的魅力。喜欢刘浩彬的女孩很多，他初中都没有毕业，但追求他的女孩都是本科生、研究生。在他住的小区里，经常有人和他套近乎，拿着自家闺女的照片给他看，希望他们见见面看能否进一步谈恋爱。他只要在一个小区住，这周围的店铺老板都会和他成为熟人，出入亲热地招呼，连附近的小混混也要恭敬地结识他。

刘浩博是刘浩彬的叔伯兄弟，和我一般年龄，从小耍到大，一起上学。上小学时，他个子在村子我们伙伴中间最高，体格强壮，成天欺负我。最后我们的个子慢慢追赶上了他，他却在后来的岁月中停止生长，到现在最多也只能算个中等个。

他高中毕业后也在青铜峡铝厂工作过一段时间，现在在西安给一家公司开车，平时也很辛苦，待遇不高，租住在城市的城中村边缘地带。他车技好，是西安的活地图，大路窄巷都刻在脑子里，他知道怎样能省时省油省车到达目的地，他在处理任何事上都表现得很沉稳老练，比起他的精明，我常常要感叹我的糊涂和缺乏计划性——我是一个很随性的人，比如说旅游，我不像他一样周密地算计距离安排行程，基本上属于走到哪算哪的类型，在一个地方感觉很好我会多待几天，一个地方感觉很差马上就得走人。他有数学天赋，在初中高中数学考试皆是班级第一，在数学竞赛中也常常拿奖。他以前经常随手在地上画一个图形，给出已知条件，让我求证两个三角形相似，这当然常常难倒我。

他也是重义气的人，我读高中时他已经参加工作，回村子后必拉我出去买几瓶啤酒喝，这些镜头让我很感念，如今我有好东西也必然有他一份。

我经常感叹命运之神的摆弄，却经常觉得人生占了便宜：在高三时，刘浩博数学学得呱呱叫，我总是比不过他。我遇事没有他沉稳，也远远没有他精明强干，当然，我也比不上刘浩彬的口才。但是，在这座城市里，现在却活得比他们轻松些，我是不是该感恩知足呢。

表 哥

农村，有许多能人，他们的一生就像摆错位置的棋子，他们心态乐观、练达，充满才能和智慧，一身本事却常常要为柴米油盐熬煎，这就是他们的命。就像我的四个表哥。

每年的正月初三，是我碎舅家过年集中待客的日子。天异常地冷，沿途麦田里还有半尺厚没有消融的雪，我和母亲一路上不停接到表哥们的电话和短信，问我具体走到什么地方了——我知道，他们迫切地希望见到我，而我也很激动，我们每年都要聚聚的，这段时间是我们共同的快乐，我们痛快地喝酒，总结一年的得意和失误。

我的四个表哥全部是那个村庄的强人，个个都是一米八个头，高鼻阔脸，个个能说会道，朋友众多。

大表哥干过屠夫的营生，他悠闲地浪荡在几个村庄里，他的口才他的幽默让他结识了众多的朋友，他走在任何一个村庄都有人邀请他去吃饭，吃完饭，他吆喝着几头猪，走在乡间洒满阳光的小路上。他说死在他手中的猪已经有两千头了。他调侃地问我杀猪这种没有灵性的动物不知道有没有报应。

我看过他一个人杀猪的全过程，他穿上一身油光闪亮的脏衣服，脚穿高筒雨靴，看起来很像美国牛仔，身手更是潇洒麻利，一手捉住猪耳朵，一手持刀，一刀从猪脖子拥进去，血便噗噗地冒出来，他用脚勾过来一个脸盆接猪血，把百十斤重的猪拖进烧沸水的大锅里，嘴里嘘嘘地吹着热气，三下五除二就刮干净了猪毛，这时的他叼起一根烟站在大锅边欣赏着自己的手艺，一脸得意。他的三个儿子个个能干，他杀猪供他们上学，现在其中一个已经考上研究生，这成为他一生的骄傲。

二表哥更是能说会道，头脑灵活，他经常开一个农用三轮车，贩卖蔬菜、水果、载客，他好喝酒，烟不离手。喝酒从不赖，边喝边说“酒是粮食精，越喝越年轻”。若有人喝酒耍奸，他必然不屑地说：“这人不行，没彩！”如今，他在村庄的集市上开了一个杂货店，一月几次去省城西安进货，日子过得很安宁。

三表哥以前是学校的优等生，但是遗憾的是他没有坚持上完学，但在离开学校的十几年后还能熟练地演算很难的数学方程。与其他两位表哥不同的是，他在农村属于眼高手低的一类人，他头脑中想着一些很大的事情，在庄稼人眼里就是不切实际天方夜谭。所以他处处遭受白眼和处处碰壁。他沉默几年后终于收敛了心性，娶了媳妇，生了小孩，为了生计他甚至去照金煤矿下矿挖煤，扎扎实实几年，终于积累了一笔钱，回来栽种了几亩苹果树，又买了农用车，农闲时收粮食、贩卖蔬菜瓜果。

我的四表哥，年龄和我相仿，在学校时成绩很是优异，可惜是辍学后和一些人混在一起浪迹在集市上，他人高马大，又有力气，很能打架，在这条集市上被称为“大侠”。在冬天，他潇洒地披着一件黄军大衣，留着长发，从集市东头走到西头，从外地赶来的小偷们看见他总要敬烟套近乎，他告诫他们说绝不能偷老人和穷人的钱，他对偷过老人钱的小偷总是不饶，见一回打一回，打毕还骂：滚，滚一岸子去！我现在还记得他小时候有许多小人书，我每次去他家都要偷一两本的，我还记得他经常坐在我家的桃树上对着天空大声背诵“黄河在咆哮，黄河在咆哮……”成年后的他是我几个表哥中最坎坷的。他是干啥啥不成，最早是给人开汽车出了一次事故，然后他一上车就心慌。然后是开一个家具店，因为朋友多为人又侠义，所以欠账太多终于开不下去。

我与母亲刚进村庄，老远就看见舅舅站在门口，他是一个很重亲情但很寡言的人。舅舅的背后站着三表哥，他刚从邻村贩卖青菜回来，身上带着农用车的柴油味道，叼着烟卷，头上戴着一个毛线帽子，满脸胡茬，完全是一个农村生意人的模样了。然后是大表哥、二表哥、四表哥，他们一律穿着很厚的军用大衣，叼着烟卷，浑身很臃肿但是很有势。天很冷但是我们都很热情，用欢快的眼光和语言交流着激动。

不善言辞的舅舅已经烧好了土炕，母亲直接坐了上去。饭菜已经摆好，酒也斟上，我们坐在小木凳上，烤着炉火，玻璃窗子外边的冰溜子这时也慢慢地融化了……

在独立中跌价

芳姐以前是一份地市报纸的总编辑，像她这样美貌的女人同时兼有这份优越的职业，让人感觉是很完美的。此前她曾经是这座城市苹果节选美小姐冠军，她的美艳是很张扬很鲜活艳丽的那种美艳。

芳姐属于在哪里都能吸引男人目光的那种女人，虽然这不是她的本意。但这也终成为她的悲哀，导致她一生都在折腾着婚姻这桩事情。

女人不能长得太漂亮。太漂亮的女人注定了不会有大的出息和好的人生结局——上学时会受到太多的异性干扰，生活中会受到太多的诘难，事业会有意想不到的刁难，也会得到同性间本能的敌对情绪，就是凭借勤奋成功了舆论也会认为你采用了不正当的手段。

我认为她是很有才气的，她能口若悬河地一口气背诵几十首唐诗，她从那个地市来到了省城打拼时，能屈下地市报总编辑的架子，租赁民房，在不宽敞的房间里却摆着一个硕大的书柜，里边放满了很有品位的书籍。她在这租赁的狭窄的民房里安静地看书，弹琴，听高雅音乐，在这个浮躁的社会里很难得。他的爱人是一个事业有成的人，每到星期天就从老家赶过来相聚，两人很恩爱，相敬如宾，我曾经见他们在省城的夜市手挽手在小摊子上吃饭。

一天，芳姐给我说她和爱人分手了，她下班无意中看见一辆车上坐的人像自己的老公，就追上去一看，没有想到偌大的一个城市里硬让她看见了，爱人旁边坐着一个女人，爱人和这女人看见她很吃惊，在车上干坐着不敢下车。芳姐一把抓住那女人，两个耳光扇去女人就哇地哭了。她老公过来拉架，被她用高跟鞋狠狠地蹬了几脚，鞋跟都掉了。她说：你要玩女人就找个好看些的。就扬长而去。老公死皮赖脸来纠缠，被她从门缝里伸出的剪刀戳了一刀，两人就离了。

最后才听人说，这人并不是芳姐的原配，原配是原先那个城市的一个工人，对她是珍惜着好，但是个粗人，没有共同语言，两人孩子都上中学了，而这个文质彬彬的人只是追求者之一，有事业有长相又浪漫，逐渐两人有了感情，芳姐便与原配离了婚，自己先放弃优越的工作来到省城，这人商定好随后就来的。

芳姐最大的缺点是缺乏持之以恒，她在每一个行当起初都很热情投入，随后便放弃了。她在省城办了一家公司，销售煤炭、钢筋、水泥，赚了些钱，租了公司办公场所，也给自己租了一套装修很好的房子，她说住单元房能安全些，自己以前租住的民房院子里，已经有几个闲得无聊的人专门蹲在院门口等她下班看她走路。

她骨子里是有些大大咧咧的男人性格的。一次她给我电话说让给她送一些蔬菜和方便面，我赶过去一看，才知道她在小区门口被一辆逆行的车撞倒了，头磕碰在路沿上晕过去了。在医院苏醒后她看司机可怜，就扬扬手让走了。没有想到回到房子就躺倒了，心性刚强的她硬是熬了几天，自己也下不成楼，只得求救于我。她长我几岁，一直认为我是她最亲的弟弟，她时常邀请我去她的房子里边喝啤酒边听音乐，为她的生意庆贺。公司维持了两年就倒闭了。她给我说，哪些男人都不是好东西，让你赚点钱就卡你就要挟你，想要与你上床。我能感觉到她很痛苦很无奈，做得很艰难很无助。

女人就是这样，肚子和嘴巴都藏不住秘密。芳姐曾给我透露了一个秘密：省里的一个人皆尽知的文化名人，追求了她八年之久，许诺一起去新西兰移民，但是她说她对这位名人只是崇敬没有感情。

一年后的一天早上，接到她的电话，说在单位的楼下。我下去一看，她坐在一个车里，驾驶位置上坐着一个高个胖子，谦恭地出来和我握手。芳姐介绍说这是她的男朋友，做书画拍卖的。我们一起吃饭，他们都是离异的背景，但是表现得很恩爱幸福，我向他们衷心恭贺。

过了半年，芳姐在电话中黯然地说，和那个人分手了，那是个十足的感情骗子！而那个人竟然一直让我给他帮忙，一次吃饭时竟然又带了一个很有风韵的少妇，是某个银行的副行长，也是离异，两人关系很亲热。而我知道那个人的儿子大学毕业，需要这行长安排工作。

又过了半年，芳姐在电话中幽幽地说，一个陕北的油老板，身价过亿，死命地追求她，真心对她好，许诺给她买宝马车买小别墅，她若不允，这人就要死给她看。她不知道是应该向命运妥协，还是坚持高洁。

又过了半年，芳姐在电话中说，她找到了一个好项目，要在深圳住一段时间。我在电话中听出明显的底气不足。

在深圳出差的机会见到了芳姐，她和一位瘦高个中年人去机场接我，能看出来她对男子心底很讨厌，但是那男子却很黏，又特别能说。她抽空说是在一次珠宝展览会上，这人一眼看见了她就粘上了，说等了几十年就在等她啊。甩也甩不掉，人倒不坏，既做珠宝生意又信佛，还收集各种奇石。

第二次去深圳出差，芳姐说自己实在受不了那人的黏乎劲，决然离开了，并警告对方不要纠缠自己。她说现在自己和珠宝批发城的老板们都熟悉，利用这个资源专心在网络上开个店面经营珠宝，思路应该不错，而我却明显看出了她生活的拮据。她又是一个骨子里最怕人怜悯自己的人，我悄悄把我身上所有的钱留下来，希望让她度过难关。

我不知道一个这样招惹男人注意的女人是怎样艰难地打拼，

应酬，还要保持自己的高洁和自尊——她在酒桌上赔着笑脸推掉伸过来黏糊糊的手，小心翼翼地在黑暗中穿过街道，在小区保安猥亵的注视下回到自己租赁的商务小房间，紧紧反锁了门，坐在床边，很疲惫，看了一眼旁边电脑上自己不景气的网站……一晃眼两年过去了，我不知道她的任何情况，也没有她的音信，不知道她在哪里艰难生活苦苦坚持?

写到这里，我感觉到：似乎，有一个什么东西在狰狞的笑，这些我曾经熟识或认识的女人们，她们表面的伤痛和灵魂最深处的伤痛，都来自这个世界的另一种生命——男人，或者说，来自于依赖、向往、不自信?我看到的女人太多了，她们有一个共同点，就是，都是不幸福的。

所以，张爱玲才会说：“这世上没有一样感情不是千疮百孔的。”

保安与诗

娄荣山有两个身份。

两年来，他会计算好时间，在导课老师介绍授课教授的空档，悄悄溜进鲁迅文学院高研班的课堂，坐在最后一排的角落，打开本子，认真地听讲、笔记。交流互动时，他常常有发言的冲动，但是马上会遏止这种念头。此时，他会想起学院老师善意的告诫：衣服要穿平时的衣服，尽量不要参与讨论和提问，要低调到没有人注意你。

更多的时间，他会换上印有“中国保安”的蓝色制服，坐在八里庄南里老鲁院的门房里，盯着挂在墙上的监控，一丝不苟。

娄荣山是河南漯河人，来鲁迅文学院做保安接近两年，中途回老家一趟盖房子，犹豫了半年时间，最终还是说服家人回到自己的文学圣地。他羞涩地说他这个年龄还干保安已经明显不合适了。他的年龄是个谜，多次探问他，他都笑而不答，但是可以肯定的是他的儿子已经结婚，女儿在上高中。提起女儿他很得意：这女子遗传了我的文学基因，写东西真好。

他所谓的文学的天赋是：小学四年级时曾获得全县某次作文比赛的第一，引起了学校的关注、家长的关注，村里人的艳羡。娄荣山点燃了一根烟，重重地说："是他们捧杀了我。"他说从那时起他就开始"自我膨胀"，大量阅读课外书，严重偏科，导致没有考上高中。

"这事情对我打击很大，我脑子当时就乱了，在家待了一年多。但是当时野心还是很大，曾经去附近的高中旁听过，写了十万字的一部长篇小说。当然现在看，内容都很幼稚，不值一提。"娄荣山说："但是，我就是不死心，我觉得我有许多独特的感受和体验，不表达出来很可惜，所以说，我心里其实一直有个魔鬼。"娄荣山说到文学时用了魔鬼这个词。

鲁迅是他一直敬仰的并且认为思想在当时最清醒的人。他看着远方说："我奔着鲁迅文学院来，哪怕做保安呢。"他 2011 年来北京做保安，终于费尽周折当了鲁迅文学院的保安。在干好工作之余，他用真诚和对知识的渴望打动了学院的领导、高研班的班主任，得到旁听的资格。平时没有课时，他就自己看书。他看的书很杂，比如《道德经》《黄帝内经》《哲学史》《西方文艺流派》等等。

目前，因为工作的特性，他只有碎片的时间。稍有闲暇，他就会掏出手机记录自己的灵感和思索。目前他已经积攒了三十多首诗，在一些省级刊物上发表了七八首诗。

他展示他的诗歌《白月亮》给我看，激动地描述、铺陈着一种情景："文字追求的是一种唯美。你看，我没有直接写月亮，但是你能感觉到月光，因为溪上的荷花有影子，月亮照出的淡淡的影影绰绰的影子……最后一句，描述的是我的梦境，我这诗不考虑布局，只受潜意识控制。在这样的环境和气氛下，女人婆娑、摇曳着送酒来了。真美！"

王羲之与我
对坐兰亭上
清风以佛祖的宽慰
在骨骼里笔走龙蛇
溪上的荷
对自己的影子享有
独到的审美
每一块石头都面若冠玉
青草坚守着自己的纯粹
深山以其之深
足以闲掷
来时的荒芜和
去时的空茫
天地之间静候
一场止于至善的雪
沟壑黑白分明
茂林修竹也难掩其

体态风流

言语玑珠

相公，相公

为妻我给你送酒来了

——《白月亮》

他还用西方超现实的笔法写了一首诗歌，里边出现类似“一把纯物质的枪，处于自我敌视的状态，横躺在灵魂身边”这样的表达、思索、挣扎，给人一种诡异的新意：

你赶在眼泪前面

拔掉暮色刺痛的桩子

提前赶来的还有

张开弧度的宿命

我路过倾斜的界碑

它找不到自己嘶哑的祖籍

我混沌的表情

寻找替身

跑马圈地

画地为牢

我灿烂的思想紧握

三生万物

你的双手如同一场
浑圆的悲剧
我们拿出的纯粹只有毁灭
一把纯物质的枪
处于自我敌视的状态
横躺在灵魂身边

——《秋风或者乳房》

在他的《老鼠和它有关的事物》一诗中，他通篇只有一个字“吱”，长长短短地摆成一个老鼠的形状。他说：“这首诗在描写一种试探、提防、犹豫、得手，最后到放肆、到疯狂、到毁灭的状态。你看，刚开始老鼠出来了，吱地叫了一声，是在试探，然后稍微大胆一点，吱吱吱，见没有危险，就放肆开来，胡蹦乱跳……最后，吃饱玩累的它没有能回归洞中，被天敌猫捉住，丧命。”

他用这首诗来暗指人类的疯狂和无限的攫取。

他甚至还给一位在鲁迅文学院高研班学习的“80后”诗人改过一首诗，他把原稿对比着让我看。他很看不上的样子说：“他写的是他对村庄的感恩，其实他不懂村庄，他已经对村庄没有了感情。”

他说，有时候不是读者有了问题，而是作者出了问题，写出来的东西不可读了，缺乏思想性、可读性。

他说，一个作家，要完成两个积累：知识积累、生活积累，然后是思索。名利却是副产品，当你静心丰富心灵，修炼到一定实力，出了深刻的作品，名和利就自然来了。

他说，写东西和干农活一样，不管什么流派什么风格，你要把它做绝，做到极致，像电视里表演的绝活一样，别人达不到。

他还说，人生本来没有意义，是人们自己赋予了意义。人们用宗教来释放心灵的苦痛，磨平社会的矛盾。

他对自己现在的处境既满意又不满意。满意的是在这个文学的小院子里，外边是滚滚红尘，看着出出进进的文人们，接触他们，接触文学，思考文学，很享受。不满意的是，自己缺少一次系统性的学习和实力提升。

他说：我不急，我要在适合的时间出一本有分量的书！说完这句话，门外喇叭声响，他又灵敏地跳起来，拿着遥控门锁，开门去了……

跋：静美与乡愁

——邢小俊散文艺术是一种渐逝的《诗经》美学

■ 周 明

农业时代的静美与乡愁，是一种悠长的情感……

（一）

我想提请注意——邢小俊的散文不是一般的乡土散文，从某种意义上来说，它和《诗经》都是典型的“农业美学”产生的作品。

“农业美学”是人类在今天仍然要珍惜的情感。随着工商业社会的来临，人在土地里那种深厚的经验，那种悠远朴素的情感，正在慢慢淡下去。许多悠远的情感不会出现了。

作家的价值观决定了他选择什么样的题材。邢小俊的系列散文集《泼烦》《觅渡》先后获得第三届柳青文学奖和第六届全国冰心散文奖，后来又有《超度》，相继引起社会反响。身在城市，他总在执着地写乡村，有评论家认为他写的是乡土散文，有的说他是行走在21世纪城市中忧郁、孤独的乡村哲学家。我想说，他写的其实是一种正在消失的农业社会审美规范和美学。

这种美学建立在农业社会的大背景下，只有在农业社会，人才能谦卑得像土地一样，在土地里生长，最后又回到土地中去，感情特别朴素、平实、悠远。

依靠农业生活的人，必须定居。农业使人学会了把种子埋在土里，等待它发芽、开花、结果，所以不能乱跑，从播种到收割，一年就过去了。人知道有周期，天生有一种长久的耐心， 农业社会产生的文明就变成了一种美学。

诗经，是典型的农业美学产生的作品，是彻底的农业审美。

诗经的作者不是我们所说的知识分子，而是来自民间的人。诗经里描写的都是农业背景下一种淡淡的东西。站在土地上的人相信有稳定的自然周期，知道大自然是有平衡有节奏。他的情感周期和自然周期会合在一起，哀而不伤。无论多么悲哀，最后都不会绝望，因为农业社会里的人们始终相信循环，冬天万物都会枯萎，死去，可是大家知道万物复苏的春天一定会来。个人再大的哀伤，都会被大自然担待，没有什么东西是不能过去的。

比如，诗经中的名篇《黍离》，其实不是我们认识到的是亡国诗，而是一个人经过玉米地时的心情。有一天，他经过玉米地，他看到玉米在发芽，联想到自己的哀伤与忧愁；有一天，他又经过玉米地，看到玉米在接穗，又联想到心理的忧伤与哀愁；再一天，他看见玉米已经结出粮食，心里依然非常忧伤与孤独。

再比如说伊朗导演阿巴斯的电影《何处是我朋友的家》，整部电影几乎没有故事，就是一个男孩有一天不小心把同学的作业本放到自己的书包里去了，老师说如果下一次不交作业就不要来上课了。所以，他就很紧张，他就去找同学的家给还作业本，因为他不知道同学的家在哪里，伊朗有许多小孩都叫阿里的，他就一个村一个村地去找，整部电影节奏非常缓慢，在谈人与人之间非常简单的情感。在小孩成长的过程中，情感就是这么单纯、朴素。

游牧民族的情感是强烈的，热烈的。农业民族把种子埋在土里等待它发芽、开花、结果，天生有一种长久的耐心，是农业背景。这样的东西就非常符合诗经美学．诗经里的人都不是英雄，也没有轰轰烈烈的大事，大部分都是走过一块玉米地时心里的那种淡淡的哀伤，或者是在河边看见自己心爱的女子却不知道如何去追求的惆怅，全是淡淡的东西。这就是农业社会的美学。

这种电影里蒙太奇的很少，镜头都是长时间不动的，这是一种对农业社会对土地的信仰，对长久岁月的信仰。而我们现在的电影很少这样表现，作者、导演到观众，都静不下来表现和体验这些淡淡的很慢的东西。

诗经里的情感会在目前的社会延续下去吗?

（二）

具有农业社会审美的人们纷纷进入到都市后，成为工业商业社会精英的普遍哀伤。

散文集《泼烦》《觅渡》《超度》都在不同程度地写一个城市人记忆深处的村庄，写一个都市人对和谐乡野的记忆，对渐逝乡村的怀念和悲悯。他的心理纠结来自于——在中国快节奏的城市化进程中，一方面村庄正在萎缩，正在被钢筋水泥吞噬侵占，另一方面城市像煎饼一样摊大，汽车拥挤倾轧在城市道路上，挖掘机日夜轰鸣掘进，农业社会里生活一贯的静寂安宁被打破了……

这是几本书能引起共鸣，引起广泛关注和评论的原因所在。

诗经的作者一直在土地上。而现代人越来越多地抛弃了土地。他们经过一片玉米地时已经很难发出感慨了，每天万千信息的冲击下，在如今快节奏生活中人们已经变得粗糙了，变得焦虑不安，无所适从了。

家乡是地理和文化的，故乡是心灵和精神的。

家乡存在于土地，是一个地址，在地球上可以找到，而故乡隐藏在心灵，是在身体里。

乡村和农村也是两个不同的概念，乡村是诗意的文化的，农村是现实的、真实的。现在的中国大地上只有农村，并且，越来越少了。

作家和平常人一样，都需要一个家乡。文学创作，就是一场从家乡出发，最终抵达故乡的漫长旅程。一个远走他乡的人，身体里装满了故乡。

在这个国家里，越来越多的人正在失去自己地理上的故乡，不敢奢望精神上的故乡。人们只是无奈地走着。所以，邢小俊曾经说过“我们不过是一群假装自己有故乡的流浪汉”！

他的散文背后隐藏的农业时代的审美，是现代人非常怀念的，那里边有他们的乡愁。这种简单的、回到自然的、在土地里生存的情感已经慢慢消失了。书中记忆的阳光、土炕、棉鞋、绳索、老槐树、药锅、麦收、埋葬、乡村巫师、赤脚医生以及村庄里的牲畜动物，都成为我试图参透生命奥义的密码锁，和我独特的生活体验融入在一起，便向外界呈现出了不一样的生命世界和农业审美。

对此，从农村走出的我也非常怀念。进入繁忙工业社会商业社会后，要进入到一个快节奏的、所有情感都要被切断的社会，流行歌也几乎都是诉说自己的寂寞孤独和迷茫，却没有了那份悠远的深长的爱。

与另一位“乡村哲学家”散文家刘亮程相比，他们的共同点在于，他们都在描写北中国的寂寥和空阔，描写他们眼中的农业审美和生命的哲意。区别在于：刘亮程是一个自由游走在乡村间的体验者、生存者，而邢小俊则像一个俯瞰古老乡村的观察者、思考者。

（三）

邢小俊正在着手写其他两本书，两本书都和终南山有关。

终南山，这座神奇的山脉，气势不凡，平地而起，纵横东西，横亘天下数千里，山谷纵横，雄浑浩荡，南水归长江、北水归黄河，面积广大，气势赫赫。

终南山真正的意义在于——它不仅给了陕西人一道自然屏障

和资源宝库，更给了陕西人的一道心理屏障，心理依靠。同时也让陕西的文化人有了巨大的文化自信和文化雄心。你想象一下，陕西人如果没有这座大山，朝南放眼望去，一马平川，人们的心理状态和思维模式就是不一样的。

二十多年前，美国汉学家、佛经翻译家比尔·波特来到中国，寻访传说中在终南山修行的隐士，因为《空谷幽兰》的问世，很多西安人才知道距离市区一小时车程的终南山中，还保留着隐居传统，有五千多位来自全国各地的修行者隐居山谷，过着和一千年前一样的生活。

终南山是中国文化上重要的一个山脉，也是中国传统文化之根系，隐士文化最近在网络上很受大家关注，也曾经有报纸和作家写过，但是都很潦草，大家都静不下心来关注他们真实的生活。而抛弃尘世牵绊在终南修行的这些隐士，他们首先是现代人，但又是追求人生价值的人，他们在人生迷茫中试图先给自己的心灵觅到一个清净之所，值得尊敬和关注，邢小俊要写他们的故事和悟道的过程，探讨、安顿当今现代人“心安何处”的问题。但是采访这群人难度很大，机缘、运气都很重要。

这些隐士，有在云海、松涛下种菜、读书、弹琴，被称为现代版的杨过和小龙女的陈姓夫妇……邢小俊透露说他要采访的第一个隐士是滇悟法师，他曾于2000年起在太白山的深山隐居六年多，在一个石洞中与一只四百多斤重的大熊和谐相处，甚具故事性和传奇色彩。滇悟法师曾步行走遍全国。他在终南山七十二峪靠近城市的一个峪口里建了“阿含精舍”。“阿含精舍”是几乎接近山顶上的一间土房，里边一个土炕，上边简单的铺盖，再无他物。土房子有小窗，光线纯净的照射进来。房子正对的是一个粗大的杏树，硕果累累，树下是一扇很大的石磨盘，周围是四个小的磨盘作为凳子。他在此研读《阿含经》。

“一个人，到底需要多少物质就能生活？”这是邢小俊看到“阿含精舍”时想到的一个问题。遗憾的是滇悟法师在石砭峪里住了一段时间后，又返回太白的深山里了，邢小俊无法联系，也无法寻觅，只能等他出山。

逃离城市已经成为许多城市精英的心理需求，人生，其实就是各种体验而已……

邢小俊的另外一本与终南山有关的作品是如现代版的《瓦尔登湖》，意在通过山居的方式，对生命进行深刻地体验。他要去居住的是一个闹中取静的地方，山之巅峰有一面积浩瀚的天池，岸边有七百多年前的巨松。

他认为：在山里，所有的感觉和触角是敏锐的，能力是自发的、博大的、神秘的……

同时，邢小俊又是一位积极弘扬“正能量”的媒体工作者，怀着梦想、时代精神和社会责任感，他一直在寻找和发现着社会上阳光的、积极的、向上的东西，放大，展示给人看，把积极的价值取向，正确的态度观点传递给人们——这是他另外一个难得的特点。

我也希望大家关注他，和他关注的题材！

（周明 著名作家、中国散文学会名誉会长）

后记：人生何处不在埋种子

（作者自述）

四十不惑，蓦然回首看人生：何处不是在埋种子呢！

我有个观点：人生在世，每个人随时都在给自己埋种子，有的种子明天发芽，有的种子明年发芽，有的种子几年后发芽，有的可能几十年后才发芽……所有这些好的坏的注定要发芽的种子，都在改变着一个人的一生。

这些种子，道家叫机缘或契机，佛家叫福报。

一

从小时起，父母就要求我和五个姐姐厚道做人、中正立身、从善如流、与人良善——这些立身的标准和规范，影响了我们一生。

也许，正是这种朴素的价值观和感恩之心，这种看待世界、接物待人的方式，改变了我们姐弟的人生走向，给我们带来独有的气质和魅力，给大家庭带来“全国最美家庭”“陕西省文明家庭”诸多荣誉。

一个人行走一生，总会遇到一些人和事。有的在淡去，有的永远抹不掉！

我毕业于陕西理工大学，党委书记张义明、副校长程琳杰、马征杰等老师都是我初入人生的恩师,当时张义明任学工部部长，他用“学工部干部助理”“学生会干部”“党校班长”等岗位和机会锻炼我的综合能力；程琳杰、马征杰老师则给我手把手地直接指导。特别的是，在他们的直接帮助下，我在大学出了第一本散文集《土炕》，当时无论从资金上还是精神上都得到他们最大的支持和鼓励，原党委书记宋保忠还欣然给我题写书名支持。这本薄书对我的意义在于两点——坚定了我的文学之路，增强了我的自信。现在取得的一点点成绩和荣誉，都是他们当年孜孜教诲，现今远远关爱的结果。今年 6 月，母校晋升大学成功，我作为校友代表受邀参加省长胡和平主持的揭牌仪式，和著名教育家、北京大学原常务副校长王义遒教授同作报告，他的题目是《大学何以为大》，我的题目是《用新闻人的眼睛凝视世界》。

走上新闻媒体行业后，对我影响最大的人是报社当时的领导齐东和孙晓冰，他们都属于德才兼备的报业精英，他们脚踏实地却能眼望星空，他们不凡的做事为人的格局和气度，深深影响了我今后的工作态度与气质。

另外一位恩师是被称为报业才女的袁秋香老师，她智慧、敏锐，细腻的书卷气里夹杂着爽朗的江湖侠气。几年前，因为平日事物冗杂，我一度想放弃出版《大策划》，把我逼上“绝路”的是，袁秋香老师给我写了热情洋溢的六千字的序言，并把这序全文刊登在中国新闻学核心期刊——《新闻知识》上。在六千字的序言里，袁秋香老师说看完书稿后年轻一代面对新闻之胆识和智慧让她振奋，她说我的理科知识结构与新闻构成了特有的“反应堆”，她夸赞我的语言有雄性的张力，策划有天马行空的气派——这让我振奋和自信，坚定了克服困难出版此书的决心。从此，我才真正意义地进入了作家的行列。

2005 年是中国人民抗日战争暨世界反法西斯战争胜利六十周年，在一次研讨会上，与一派关中农民打扮的陈忠实老师相识，他白色衬衣的口袋装着一包卷烟，拽得上衣不平整。脸上沟壑沧桑，眼光却凌厉，发言时一口纯正陕西方言，语调铿锵，表达准确、坚定、有力，特别是慷慨激昂的爱国情怀给所有人留下深刻的回忆，他的气质就像我一直崇拜和敬畏的父亲，耿直、宽厚、豁达、正大，浑身散发着男人大气磅礴的魅力和气场。散会后，他和所有人握手，温暖、有力，他和所有人合影，有求必应，连在大厅执勤的保安他也一视同仁。再后来，在各种场合的会议中，总能见到先生，握手时他会用纯正的陕西方言唤出你的名字，温暖、亲近、有力，如遥遥关注着你的父亲。2011 年时，先生给我的新闻策划类书籍《大策划》题写书名，等书出来，连同散文集《泼烦》一并送去。时隔不久，又惊喜地接到先生电话，他辗转送来两幅珍贵的墨宝“文心莹澈清如水，剑气峥嵘半倚天”“既随物以宛转，亦与心而徘徊”，权当对两本书的点评鼓励。再后来，机缘巧合，我和先生的公子陈海力一起赴西藏采访半个月，途中免不了多次表达先生对我的提携之情，后来我们成为挚友。

从海力那里了解到，先生事务繁忙，但是一直在关注着我的业务创作，曾在海力处多次问询。前几年《觅渡》《超度》出版时，先生短信发来推荐语：这是一个人对渐逝乡村的怀念与悲悯，对浮躁城市的思索与低吟。书获奖后他在报刊看到消息，发来祝贺的短信，让我不安。先生满脸沟壑，可他胸藏丘壑，先生一身布衣，可他大气磅礴，波澜壮阔……先生的音容，让我在文学的道路上自我鞭策，努力自强。

中国作协副主席何建明、中国报告文学学会常务副会长李炳银也是我文学的恩师与指导者，初入纪实文学作家行列，他们给我的方向是“用新闻人的眼光发现大题材，用散文家的笔法去书写中国故事”。

……

这些高大的形象和灵魂，都是改变了我人生走向的种子！

二

性格决定命运。

活到四十岁，这句话我现在是这样理解的：性格是不是每天在影响着命运，性格却是在关键的节点上在影响一个人命运、左右你人生的方向的。

1998 年我从大学毕业，分析化学专业，在西安一所重点中学教授毕业班的化学。待遇很好，我当时的月工资是教了一辈子书的父亲的四倍。但是骨子里不安分的基因开始作怪，我对一切新鲜的东西保持着天生的敏感，讨厌重复，2000 年底的时候，我顶着各方的压力辞掉了这份收入不菲的工作，应聘到了华商报社，从实习生做起，工资低那是自然，一切却是那么陌生却充满好奇，从热线部的繁杂而琐碎的线索中寻找亮点。三个月之后，我提前转正成为正式记者了。每天跑新闻，夜里还要赶稿件，但那是最快乐的日子——报业最辉煌的黄金时代遇到最好的青春岁月。因为我喜欢这份工作，除了能亲历新闻事件以外，更多的感知新闻背后那些世事纷纭，人性百态。

2001 年后，我历任报社的明星记者、首席记者、要闻部主任，手中的笔反映着时代的发展，也记录着历史前行的足音。同时，我自身的视野也在放大，格局也在悄悄发生变化。

2003 年，一次偶然的机会，华商报社当时的执行社长孙晓冰问我："小俊把你借调到东北去，你愿意去么？"这时，我骨子里的基因就开始作怪，就喜欢折腾，也喜欢刺激，我毫不犹豫地就说去。当时我只知道我们东北有两份报纸，《华商晨报》和《新文化报》，但是不知道在哪座城市，他说收拾东西过几天就走，然后一句多余的话都没有，去的当天我才知道把我派到沈阳的《华商晨报》社了。在沈阳两年时间职务晋升三次，二十九岁已经负责报纸的整个采编业务了。这段经历，让我专业精进，跳出了一个狭隘的业务圈子，能有高度回望自己的局限。

2009 年，我任华商传媒集团办公室主任，远离了新闻业务，虽然表面风光但是内心很落寞。当时，西安、重庆、广州、沈阳曾是报业鏖战的热土，一份份有活力、有情怀的报纸健康竞争，互相成长。喜欢新鲜事物和挑战生活的我给集团领导主动请缨，按照自己的心，重新出发，辞掉职务，调至《华商报》任专刊主编兼政企部主任，这段经历让我有了把“天马行空”和报社经营有机结合的意识，更具有了现实意义。2011年，我被西安日报社以特殊人才引进，当时《华商报》势头正健，在全国都市报中连续几年排位第三，而西安日报社旗下的《西安晚报》在古城处于弱势，两份报纸，不同的风景，为了一份理想，秉持一份自信，我毅然放弃华商四十多万的年薪，逆势流动，制造了当年古城媒体圈的“地震”。

人的一生真是可怜，事业无穷，精力有限！我一直告诫自己不光珍惜岁月也要珍惜状态！一个人一生之中除过吃喝拉撒、世事应酬，诱惑烦心，真正能静心专注某一件事的日子没有几天，能挽起袖子以昂扬、勃发的最佳状态干某一件事也没有几天。也就是说，人一生绝大多数时间都是平庸的、琐碎的、毫无贡献的。作为媒体人，我一直庆幸自己在精力、激情最旺盛的时光里遇到了最好的行业，并且是自己最喜欢的新闻行业，这是我激情燃烧的岁月。

所有经历都是财富。对生命有所向往，就能拥有生机勃勃的胆识与气质。从教书先生到媒体记者，从都市报到党报，从记者到作家……每一次抉择，左右我选择结果的不是世俗的名利得失，而是自己内心真实的需求——性格使然，从未后悔过。

感谢所有的经历！接受一份报纸采访时我这样说过：人生就像过山车，开头和结尾都是一样的，中间的过程为何不能丰富一些。人的脚不能同时踩在同一条河流里，人生就是用来折腾的，活着就得奋斗，做自己喜欢的事情，趁着还年轻。

三

我是一个脑子天马行空的人，我常常被一些自己臆想出的大场面、大事件感动。这真是一个创意的时代——我的这些臆想都在后来的一次次策划中被不同程度地实现了！

一次坐出租上班，途见一家公司员工正在梯子上排队合影，人数多达数百人，拍摄者甚为为难。我就想如果是一万个人合影呢，一万个人现场营造出的是怎样一种热烈磅礴的气场呢，这照片出来是怎样一种效果呢？这时出租车拐进南门，穿过世界上这独一无二的古城墙时，我就想，这个独一无二的巨幅照片挂在这独一无二的城墙上是一种什么效果呢，这样的话，人们将站在护城河之外指指点点照片中自己所在的位置，何等气魄和趣味呢？看见路边扛着工具觅活的农民工，我就悲悯地想，能否为他们中的佼佼者建立一所免费大学呢？看见空中的飞机，我会想一架飞机能否在某个城市上空盘旋三圈，给这座城市致礼呢，进而异想天开地想到，能否在中秋月圆之夜坐飞机高空弹琴赏月呢？

过去的十几年，准确地说 2000 年到 2010 年之间的这个时间段，中国纸媒处于它最好的时代，我把它叫“黄金时代”。我感谢这个时代，能让我的“天马行空”具有现实价值！

当时的中国，通讯技术已经解决，但整个社会心智尚未成熟，价值观多元而混乱，在一些大是大非的问题上远远没有达成共识。在这样一个信息过剩、信息焦虑的时代，仍然需要严肃的报纸提供严肃的报道和认真的思考。

我在2004年负责《华商报》的时政要闻部，倡导媒体要踏准党委、政府工作的鼓点，倡导媒体要营造良性社会热点，倡导媒体人要有社会责任感，要承担对良性社会秩序的守望职责，做了许多有影响的策划，比如为了消除各阶段不同程度的歧视，策划给农民工改名字叫“新市民”，又建立起全国第一个农民工免费大学，请专业的教授在晚上上课，三年后颁发正规的大专学历，在全国独此一例；唐山大地震三十周年时包飞机到唐山，载着当年流落到西安的唐山孤儿和当时支援唐山的医护工作者回唐山，我设计让这飞机在唐山上空盘旋三圈，向一座新城市致敬，寄托陕西人对唐山人长治久安的祝福，成为全国媒体焦点；我们策划开国元勋子女重走长征路，掀起了陕西媒体纪念长征胜利七十周年活动的高潮；策划盛大庄严的抗战老兵入城式，纪念中国人民抗日战争暨世界反法西斯战争胜利六十周年……这些大手笔的策划，在全国都引起了轰动，体现了媒体的宣传和舆论引导功能。

2005年在西安召开的全球古遗址大会，不要说传统思维，就是一些已经高度市场化的媒体，也将它理解为“一次会议”，“一次重要的国际性的会议”而已。但是，我们却进行了周密的策划，前所未有地撬动了文化遗产与老百姓之间的关系。我们制定了十二篇整版报道和两个活动、一个特刊的媒体推广策略。于是，“ICOMOS 大会”，这个专业性很强的国际会议，最终成为老百姓普遍关注的社会焦点，一次国际专业盛会被全民调动。

对此，袁秋香在我的《大策划》中评价道：“邢小俊将一座古城的历史和现在、市民对城市的感觉和热爱、管理者的想法和举措与全球的文化欲望和方向交合在一起，将这次会议当成了一个新闻的盛会和聆听市民心声的华丽舞台……”

专业人士评价此次策划把“刻板狭窄的时政议题被开阔鲜活的文化视野分解，像一扇扇小门悄然向老百姓打开”。

这些策划，就是在我和团队最好的状态下实现的，当然，也碰上了纸媒影响力最牛的时期，这一切都是可遇不可求。个人和团队的作用都有，不可替代。我感谢我当时的团队。是你们的理想主义情结，是你们追求圆满的执着，将这些创意和策划联手共同推向巅峰！

四

在我十五年的新闻生涯中，有过两次“造假”的经历，事过多年记忆深刻，是否有悖于新闻的原则和职业道德，有待专业人士研究界定。

第一次造假是为了一群争取自己离退休后供暖权益的古城老人，第二次造假是为一群在西安打工的河南农民工兄弟。

以蒙阿姨为代表的那群老人和我是2006年认识的，当时，我负责《华商报》的时政要闻部。一个寒冷荫翳的早晨，报社接待室电话说有一群老头、老太太来反映问题，情绪激动。我放下电话快速来到一楼，老远就看见接待室门里门外挤满了老年人，有的还提着顺路买的青菜。在初春的寒气中他们面色都显得很憔悴，神情也很焦虑。

当时全国“两会”刚刚落幕，我们开通的“心里话捎给代表委员”的栏目也已经结束，老人们反映的是全省一百二十万离退休职工供暖补贴偏低，几十年不变的问题。但是，媒体总是一味在追逐热点，供暖的话题随着天气转暖也慢慢淡出读者和记者的视野。以前在厂子担任过领导职务的蒙阿姨无疑是他们中的“核心人物”，据了解，他们为此奔波呼吁了五个年头了。因为内心真正想帮助他们，我就“策划”了一个虚假新闻——请他们中的一个老人，把自家的三组暖气片拆掉两组，我派遣记者去采访、拍照，刊发了半个版面的稿件《交不起费老人自拆暖气片》，意即老人因为交不起暖气费，自拆暖气片节省开支。这策划的新闻一见报就在省内外引起轰动，得到省长的批示，政府开始关注此事并拨巨资解决此问题，全省一百二十万离退休职工供暖补贴费用开始大幅上调，供暖补贴从每月每人六十元提高到每月每人六百元。因为涉及人数巨大，政府为此每年要多付出一亿多的财政支出。这是我新闻生涯里第一次“造假”。

第二次“造假”是为一群在西安打工的河南农民工讨薪。当时是2006年7月，辛辛苦苦干了一年的农民工们临近年关却没有拿到工钱，在饥寒交迫中他们找到报社。说实话，当时的“塔吊秀”“爬楼秀”仍然不断上演，欠薪的事件仍然不断发生。农民之痛，莫过于辛苦一年，颗粒无收；民工之哀，则在于劳作一载，连自己的血汗钱都无处可寻。随着中国法治建设进程的不断加快，那一天，劳动者不再受欠薪的困扰，到那时，每个劳动者都将不再是弱势群体。心生恻隐的我给他们出主意，建议他们在工地召开“农民工‘讨薪’新闻发布会”，报纸8月3日头版头条、大图，重点展示《西安农民工讨薪开“新闻发布会”》，此后本报相继推出《讨薪发布会后遭殴打》《欠薪有望今日领到》《首批农民工领导欠薪》《讨薪农民工的打不能白挨》等系列报道，并在消息后配发评论，指出由农民工开新闻发布会讨薪事件，折射出农民工的维权渠道不畅。

系列报道在国内引起强烈反响，相继有数十家媒体关注转载，引起全国轰动和网络评议。同时，也引起陕西省、西安市领导的高度重视，时任省长的陈德铭亲自批示调查“讨薪”事件。在本报的推动下，“协调会”上，农民工、承建方和开发商三方同时坐下来，工程开发商表态愿意协助政府首先解决农民工的工资问题。8月6日，首批二十三名农民工领到工钱共十三万元，剩余六十多万承诺一周内全部发放。最后，民工被拖欠的七十九万余元的薪水，终于在8月23日如数获得，走完了他们长达一年多的漫漫讨薪路。

在城市奔波，甚至相撞的两个人，也不一定是有缘之人。因为他们站起来后相互道个歉，连对方面容都没能看清就彼此转身离去，从此不再相见，抑或再见也不相识。

在后来的日子里，因为帮了蒙阿姨他们这群老人，他们非常感激，曾经送来了锦旗。在后来的日子里，我在这座城市里忙碌工作应酬，已经将他们淡忘。但是，蒙阿姨曾经多次打电话说他们很想念我，要和我见面。因为忙碌，每次我都找借口婉拒了。

2012 年初冬的一天，蒙阿姨打来电话，她的话语触动了我，她说："你的叔叔、伯伯们很想念你，都想见见你……你的张叔叔已经中风了，王伯伯已经去世了，人越来越少……"这话深深惊骇了在庸俗中忙碌的我。于是，我摒弃应酬，抽出了时间，在城市的一个酒店订了最豪华的包间，请这些老人们吃了一顿丰盛的午餐。看着他们由衷的笑容，我也感到了一种温暖。在他们的执意下，我也请来了母亲。席间，他们真诚地对母亲表达了崇敬和羡慕，对她养育了这个儿子表达了谢意。看着母亲脸上的荣光和笑意，总是愧疚没有很好尽孝的我，也宽慰了许多。

繁忙的都市生活和觥筹交错中，这是我 2012 年最特殊的一个饭局，也是最有分量的一个饭局！

五

当前，纸媒式微。《双城记》里说过：我们面前应有尽有，我们面前一无所有，这是对传统报业再好不过的形容。今天，我们有更宽广的市场，更大的受众群体，更便捷的工具和技术，更融合的环境，同时，我们也面临更大的挑战、冲击，更多的迷茫和困惑……这就是大多数传统报业媒体的现状。

作为传统的资深媒体人，经常会被其他新媒体请出来谈传统媒体的困境。我在2016年5月接受《阳光报》十五周年特刊采访时说：对于传统新闻介质来说，已经过了它的黄金期，是最坏的时代；但是就整体现状而言，新闻还处于黄金时代，是最好的时代。

采访中我提出三个观点：

第一，传播的介质和形式在变，新闻却肯定会永远存在。技术性变革和替代是纸媒衰退的真正“杀手”。另外，读者阅读习惯的改变，也是传统纸媒日渐衰退的重要原因。但是，社会转型期人们对于信息的需求越来越大。就纸媒本身来说，有它的发展空间，越是需求旺盛，越是信息庞杂，媒体“挑拣”“引导”的功能就应该强化，那么深度报道、评论、观点提供等等，都是有市场的，从这点来说，纸媒尚有空间。

第二，时代在变，媒体的职责和使命不能变。报业无论怎样地竞争，无论怎样地转型和创新，有一点永远不能变：我们的媒体是给这个社会服务的，是守望着它向好、向上、向善发展的，我们媒体的职责和使命不能变！习近平总书记2月19日视察人民日报等中央媒体时，提出新闻与舆论工作四十八字职责与使命，非常精辟、全面、系统。我们要承担起这个职责和使命，必须把政治方向摆在第一位，牢牢坚持党性原则，牢牢坚持马克思主义新闻观，牢牢坚持正确舆论导向，牢牢坚持正面宣传为主。无论都市报还是党报，这都是应该遵循的标准。

第三，报业集团的多元化发展，许多都走偏了。趋势不好，创新、转型势在必行，但是全国许多报业集团的转型和多元化事实上是走偏了的。我在采访时指出：对于我们传统媒体人，最大的敌人是我们自身的“传统思维”。我心目中的多元化，它的臂膀应该会伸得更远——战略重心必须是以报纸为资源整合平台，做新的项目，整合资源，培植新的增长点。

第四，时代在变，“书生意气　家国情怀”不能变。无论做记者还是做作家，我觉得都是价值观决定的。什么样的记者做什么样的新闻，这是价值观使然。作为记者，你在众多的线索中选择哪个题材，并且放大它，给世人看——这都是价值观在起作用。作为作家，更是如此。如今，我们身处一个磅礴、丰富的时代，时代的动感速变，典型人物的风范和魅力，人心的提振或迷茫，有多少好的东西需要媒体人去发掘、包装、放大给世人看。

六

有评论家曾说，透过邢小俊的作品一下子看到五个邢小俊——“一个散文家、一个新闻与传播学教授、一个竭力倡导正能量的资深媒体人、一个苛刻的思想者，还有一个视野开阔崭新的城市文化构建者”。

在我看来，这个评价的深层的指向在于——价值观对一个人自始至终的影响和贯穿。

比如，作为一个资深媒体人，我在全国最早提出“媒体要营造良性的社会热点”，这个良性社会热点其实就是现在倡导的“正能量”。长期以来，同行媒体人认为“生活中的坏事情就是好新闻”，我认为太浮浅了。新闻真的就无法跳出这个怪圈？媒体究竟在守望什么？所谓良性社会热点就是媒体要利用智慧营造阳光的、积极的、向上、向善、向好的热点新闻和策划。的确，社会中还存在着很多的黑暗，但不能因此就否定所有的光明。社会在负重前行，媒体作为“阵地和守望者”，不管生存多么艰难，竞争多么残酷，都应该对民族、对国家有所担当。所以我一直坚持——媒体要营造一种宽容、理解的社会心态和氛围，而不是煽风点火。十年纸媒的黄金时代里，我为崛起的《华商报》提供和推进了大部分的策划创意。我做的策划，有一个特点，就是全部是正能量的，无一例外都是“良性社会热点”。

作为作家，我用《泼烦》《觅渡》《超度》在关注现代人莫名的焦虑，寻觅救赎人类灵魂的渡口，提出“人类是否应该节制对大自然的攫取”“人类是否应该选择性地后退”……我努力在自己的能力范围内改变一些东西，使得社会更美好。

作为社会一分子，我与五位姐姐、姐夫会心怀大悲悯，耗资百万为老家修建广场和村委会，长期资助贫困学生。

作为普普通市民，看到社会不和谐的音符，我经常会忧虑，不是为了自己，而是为了这个社会，为了社会未来和隐患而忧虑。

七

我们身处繁华之城，却总是在回忆乡村。对于当下人们的乡愁和对乡村的本能回望，我接受凤凰网六期专访，其中一期我说过——我们不过是一群假装自己有故乡的流浪汉！凤凰网以此为标题，引起广泛传播。

我的散文集《觅渡》是写我记忆中铜川耀州的乡村生活，这个乡村教会了我们立身的标准和规范，影响了我们一生的价值观。

我像其他年轻人一样千方百计地走出那个村庄，遗弃了村庄，抛弃了土地，失去了地气，失去了土地的辽阔和厚重，在城市的膨胀中，我们深陷身不由己的奋斗中而不能自拔，享受浮华，传染浮躁，失去了思考，陷入了迷茫……让人焦虑的是，我们的村庄也在远方萎缩、消失，她被改造，被侵占，被变得喧嚣，已经变得面目全非。书名我用“觅渡”的意思，就是寻觅渡口，是指留守的村庄和逃离出的人都在寻找出路，展现的是一个城市人记忆深处的村庄，但是这村庄已经在中国无处不在的快节奏城市化进程中萎缩了。觅渡！觅渡！正是人和村庄的迷茫和挣扎状态……

同时，我在不同的场合强调过“家乡”“故乡”的概念，在我看来，它们是有区别的，就如同乡村和农村也是两个不同的概念一样，家乡是地理和文化的，故乡是心灵和精神的。家乡存在于土地，是一个地址，在地球上可以找到，而故乡隐藏在心灵，是在身体里。一个远走他乡的人，身体里装满了故乡。乡村是诗意的、文化的，农村是现实的、真实的。

现在的中国大地上只有农村。作家和平常人一样，都需要一个家乡，文学创作，就是一场从家乡出发，最终抵达故乡的漫长旅程。在这个国家里，越来越多的人正在失去自己地理上的故乡，不敢奢望精神上的故乡，人们只是无奈地走着。我们不过是一群假装自己有故乡的流浪汉！

如今在西安城，我虽身处喧嚣之地，却深深地怀念着乡村，怀念着各种乡村的关系。应该说，《觅渡》是我对乡村生活中“乡邻之间”“人与自然之间”“男女之间”“父子之间”“人与动物之间”等各种关系的描述和思考。我描述的这些生活和生产关系，也是一种生活状态，这种关系和生活不一定是先进的，但是生活其中的人们却是闲适的、安泰的、安宁的、愉悦的、幸福的。人本身就是追求幸福的动物，从这点上来说，我觉得他们是先进的。

有意思的是，我的一位籍贯江南声名显赫的大画家朋友，无意之中闯入这个北方的平凡村庄写生，他用城里人的眼光，他用南方人的细腻，用艺术家的敏感禀赋来感受这片土地。他看到了雄浑、连绵的丘壑，看到了村庄里两棵特别的树，看到了乡村神器的隐秘……一个逃离者，一个闯入者，两人都在摊煎饼一样失控地长大的城市里被裹挟着行走,却不约而同地怀念同一个村庄,迷恋它的厚重和辽阔,宁静和简朴,纯粹与诗意。于是我们合作了《觅渡》,我用文字他用图画,表达的却是同样的情感。

八

事实上,诗意地栖居与生活,一直是中国文人梦寐以求的。我们真实的故乡在某个远方已经变得面目全非,但是,我坚信我们每个人的心灵深处其实都需要一个家园。有评论家说我在深情地"守望着乡土",说从我的文字里读到了朴素的"回望"与"坚守"。

人和动物的区别在于人是有情感的,一生都在努力追求自己心灵深处需要的东西。五年前,我的散文集《泼烦》在社会上引起了大的反响,那种反应在全民脸上的群体性焦虑也成为我的焦虑。近些年,除《泼烦》之外,我更是先后撰写了《觅渡》与《超度》,在这三本书中都不同程度地书写了泼烦和焦虑的城市情绪。这种情绪在目前还是普遍的,你越是社会的精英,你越有责任感,你就会越焦虑,你的焦虑与自己的利益和得失无关。日新月异的科学技术,让我们享受了便捷,却干扰了我们的深度思维方式,让我们变得浮浅而懒惰,让人类变得浅尝辄止。《泼烦》与《觅渡》相比,前者倾向于个人情绪,后者更从容,站得更高。

但是,我觉得目前中国的快速变化,人们的迷茫,这是一个过程,这个过程不能跨越,只能缩短。现在,我们欣喜地看到,许多东西都在回归。

陕西有两个地域要特别重视，这两块地域对陕西人的气质有影响，一是东西纵横的大山，秦岭。这是中国独一无二的一座巨山！平地而起，横亘天下数千里，肆意东西，山谷纵横，雄浑浩荡，南水归长江、北水归黄河，面积广大，气势赫赫。它让陕西人，陕西的文化人有了巨大的文化自信和文化雄心，鸟瞰天下，舍我其谁？对于秦岭，我自己的一个观点是，它不只是陕西人一道自然屏障和资源宝库，它更是陕西人的心理屏障，是依靠。你想象一下，我们没有这座大山，放眼望去，一马平川，人们的心理状态和思维模式就是不一样的。

另外一是陕北浑厚的黄土层，这土层经过亿万年的沉积，土质厚重绵细，这土层被强风和野水冲击成浑圆的馒头模样，连绵不绝，在金色的阳光里如金子一样纯洁和温热。这些土丘擅长于省略，视野高拔，景物大气而简洁，看着这样景致长大的人，天生具有鸟瞰天下的格局和气度。这些地方出生的人，情感炽烈，性格豪迈，性情浪漫，思维直接，富有哲理，他们中尚武的当了将军和帝王，喜欢思索的成了哲学家、思想家，生不逢时地当了啸聚山林的土匪，就连在土地里挣扎的最平凡的人们，也不甘平庸，站在山丘的顶端，目空天下，唱着酣畅淋漓的信天游呢。

九

透露一点下一步的创作计划：长篇纪实文学《居山　活法》《中国的隐士》《华阴老腔》《十年》，其中《华阴老腔》是 2016

年陕西省委宣传部重点扶持项目，《十年》是2015年中国作协的重点扶持项目，长远的打算是我正在筹备资料写一本弘扬中医药的《大国医》。

写终南隐士的《居山　活法》《中国的隐士》，引领读者一起走进深邃的终南山，了解二十位居山者神秘的隐居生活和精神世界。几十年的经济繁荣中，数亿人进城，同时有人远离璀璨灯光和大都市，在距离城市一个小时的车程里，隐入深山过上与世隔绝的隐士生活，他们住在白云升起的地方，劈柴、打坐、饮泉、食蔬，粗衣、布鞋，过着一种与现代文明格格不入的简洁生活——他们浸淫于一种古老但如今正意外复苏的传统。

《十年》是写中国城镇化洪流中三十四名新市民十年城市融入之路。城镇化是未来中国经济增长的主要动力！城市的发展离不开新市民，城市生活离不开新市民！人口从农村到城市迁移是一个世界性难题，对于中国城乡二元体制更是难上加难！社会学家认为，发生在西安的媒体与政府联手推出的系列策划，意义深远。由此遴选出的三十四名农民工组成的特殊群体，是中国四亿农民工的代表，更是在中国城镇化的历史洪流中的一次“集体踏入”。《十年》将微观、真实展现三十四名城市融入者勤奋、打拼的精彩故事，展现他们给城市增添的活力和巨大贡献，展现他们在城市里的迷惘、困顿和深层精神需求……

《华阴老腔》是写非物质文化遗产的保护和如何成功走出传承困境的。在2005年，我第一次接触华阴老腔表演时，就被强烈地震撼到了。时隔十年，老腔对心灵的冲击还在，我写下关于华阴老腔的文章却是在十年后的2015年。2015年9月5日，《听不尽黄天厚土这老腔一声》在《人民日报》上刊登一文，该文被选入2015年《中国散文排行榜》，同时录入人教版全国盲文教材。另外，著名作家陈忠实除过巨著《白鹿原》，一生引以为豪的一件事情，可能就是直接推动了老腔的传承——而这些没有多少读者知晓。华阴老腔与陈忠实，华阴老腔与白鹿原，华阴老腔与谭维维，引起了社会对更多非物质文化遗产和传承人的关注，也为其他濒危状态传统曲艺的传承提供了可贵的启示——这是我持续关注华阴老腔的意义所在！

今年陈老师谢世，我于6月7日在《光明日报》整版发表《白鹿原、华阴老腔与陈忠实》，陕西多家媒体纷纷转载并推出专访《邢小俊：我为什么执着地写华阴老腔》一文，其中可窥我的心迹。

人生漫长，年轻是一种心态，稚嫩的脸颊不过是它的皮囊。人生是一个不断地自我尝试和修正的过程，只有懂得不断地尝试新鲜的事物，丢弃自己的过去，敢于在未知的白纸上写下新的印记的人，才能创造出让人羡慕的未来。

——这是我最后想说给年轻者的话，虽然我也正在路上蹒跚而行！

2017年冬

邢小俊

传媒人、青年作家

中国作家协会会员、中国报告文学学会理事、中国散文学会理事
陕西省青联常委、陕西省青年文学协会副会长
陕西省“百青”计划、“百优”计划扶持人才
陕西省委宣传思想文化系统“六个一批” 人才
陕西省委“高层次人才特殊支持计划”哲学社科和文艺领域领军人才

已出版作品：
《泼烦》
《觅渡》
《超度》
《居山　活法》
《拂挲大地》

获奖经历：
获国家、省级新闻界奖项 35 次
《泼烦》获第三届柳青文学奖
《觅渡》获第六届全国冰心散文奖
《居山　活法》获第二届陕西青年文学奖

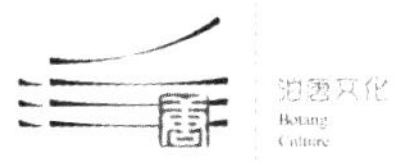

思想引领思想　文化创造文化

泼烦

产品经理 | 岳　朗　　版式设计 | 张　瑶

运营总监 | 赵堜楠　　内容总监 | 杨德风

媒介推广 | 陈陪阳　　出版统筹 | 孙留伟

感谢您选择泊唐文化出品的图书

愿阅读愉快，且有所得

亦诚邀您关注泊唐文化公众号